DREAMBOOKS

DREAMBOOKS★

불빨

화염포식자

13

이루다 현대판타지 장편소설

dream books
드림북스

불빨 – 화염포식자 13

초판 1쇄 인쇄 2017년 7월 18일
초판 1쇄 발행 2017년 7월 25일

지은이 이루다
발행인 오영배
기획 박성인
책임편집 이신옥
일러스트 최단비
표지·본문 디자인 권지연
제작 조하늬

펴낸 곳 (주)삼양출판사 · 드림북스
주소 서울시 강북구 도봉로 173
대표 전화 02-980-2112 **팩스** 02-983-0660
편집부 전화 02-980-2116 **팩스** 02-983-8201
출판등록 1999년 3월 11일 제9-00046호

ISBN 979-11-283-9115-6 (04810) / 979-11-313-0589-8 (세트)

+ 이 도서의 국립중앙도서관 출판시도서목록(CIP)은 서지정보유통지원시스템홈페이지(http://seoji.nl.go.kr)와 국가자료공동목록시스템(http://www.nl.go.kr/kolisnet)에서 이용하실 수 있습니다. **(CIP제어번호: 2017016878)**

드림북스는 (주)삼양출판사의 판타지 · 무협 문학 브랜드입니다.

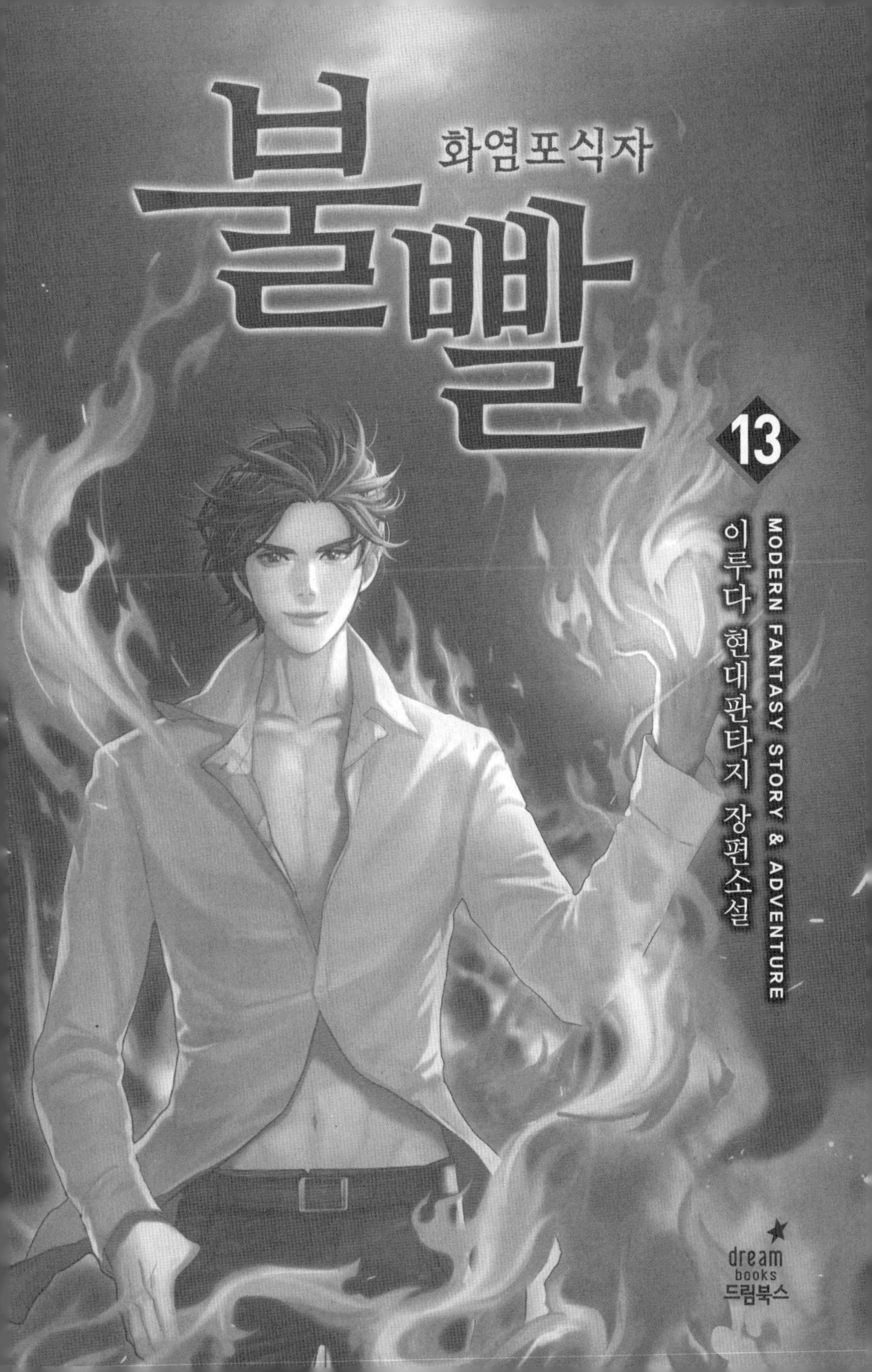
화염포식자
불빨
13
MODERN FANTASY STORY & ADVENTURE
이루다 현대판타지 장편소설
dream books
드림북스

목차

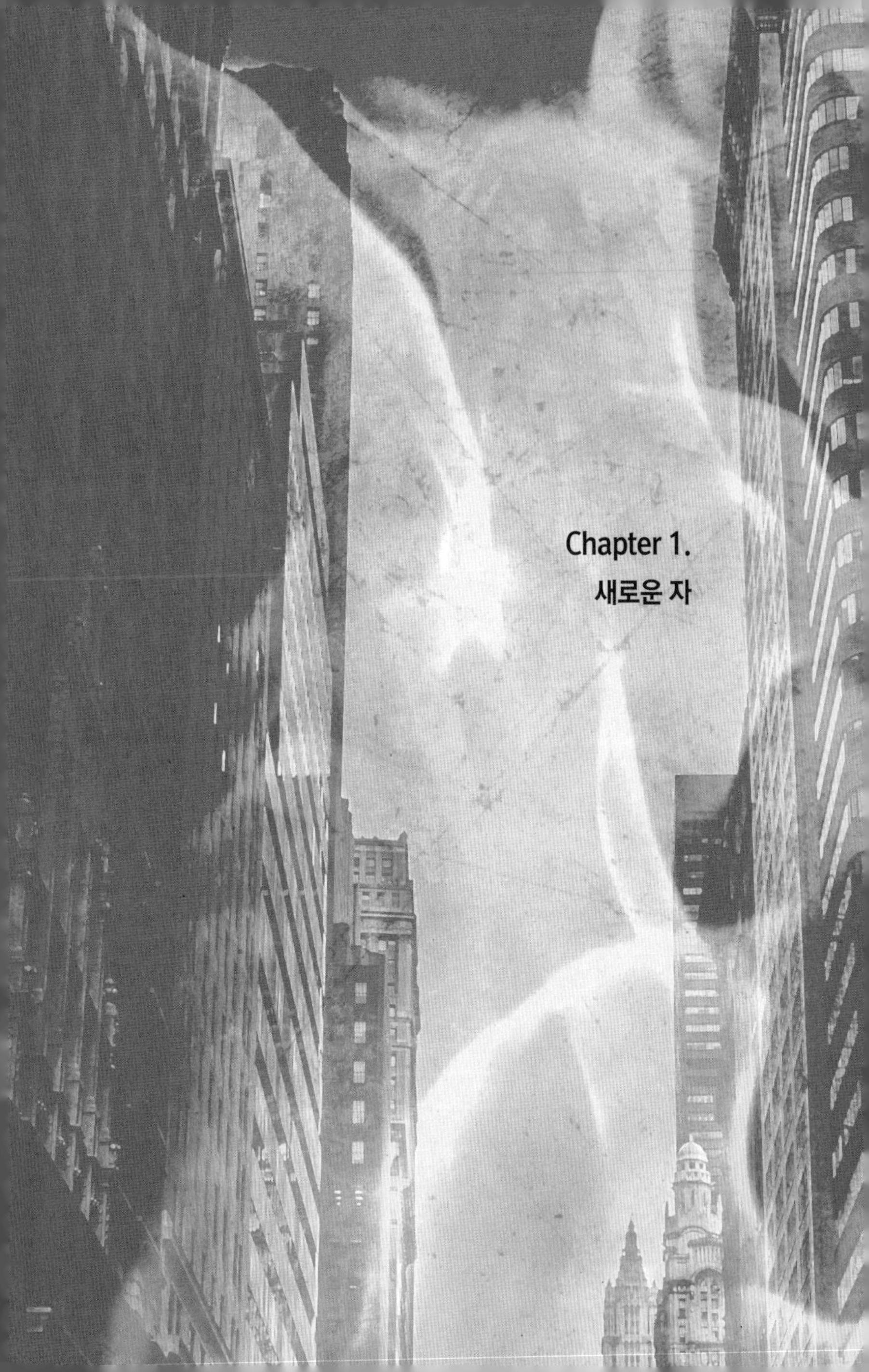

Chapter 1.
새로운 자

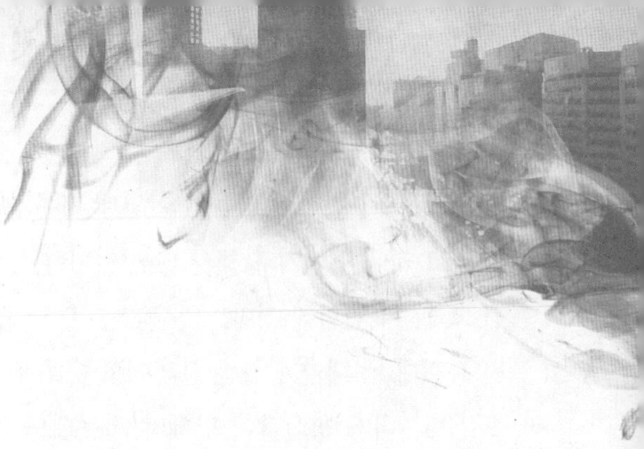

어른들은 말한다.

"순리대로 살아."

개소리. 순리는 누가 정하나?

"좋은 게 좋은 거야."

뭐가 좋은 거지?

당하고도 실실 웃는 게 좋은 거야? 불의에 눈을 감는 게 좋은 거야?

아니, 정의의 사도가 되지 않아도 좋아. 남을 지켜주지 않아도 좋아. 세상에 천사 같은 마음씨 따위가 없는 건 어린 나도 알아.

내 마음이 천사의 마음이 아닌데 다른 이의 마음이 선할 거라고 기대하는 거 자체가 병신 아니냐.

그래, 다 안다 이거야.

그런데 왜 내가 당하는 불의에도 눈을 감아야 하냐?

시발. 내가 병신같이 당해야 하는데도 왜 좋은 게 좋은 거라고 하고 넘어가야 하냐고? 응?

그건 뜯어먹는 새끼들이나 하는 말 아냐?

당하는 쪽이 말해야 하는 건 아니지 않아?

그걸 따지고 들면 말하지.

"네가 세상을 잘 몰라서 그래. 원래 다 이런 거라고."

네가 뭘 몰라서라고.

네가 아직 어려서라고. 네가 아직 세상이란 걸 몰라서라고.

덧셈, 뺄셈, 나눗셈, 곱셈. 숫자 세기. 글자 좀 쓸 줄 알고 읽을 줄 알면 사리 판단 정도는 된다고!

그런 말을 하는 새끼들은 그 잘난 세상을 다 알아서 나한테 이래라저래라 하는 건지.

그리고 너는 잘 모른다 하면서, 당하고도 실실 웃고 사는 건가.

지가 당한 건 생각도 하지 않고.

'병신들.'

그리고 꼰대들.

지들이 세상 힘들게 만드는 건 생각하지도 않고, 뭐 몇 살 더 먹었다고 다 아는 거처럼. 아니, 몇 살을 더 먹었어도 여전히 힘들게 살면서 대단한 삶을 사는 것처럼 위안하는 새끼들 같으니라고.

그런 세상이 싫었다.

적어도 나 이준성은. 그랬다.

그래, 솔직히 나도.

화아아아악—

이능력을 갖기 이전에는 그렇게 생각하고 살았을지도 모르겠다.

힘이 없다는 이유로. 타협하고, 숙이고, 아부 떨고. 그러고 살았을지도 모른다. 안 그래도 하류 인생이니까.

그런데 무슨 운명의 장난인지.

"와아. 너도 된 거야?"

주은영이 가장 먼저 이능력을 각성하고, 그 뒤를 이어 정상수가 이능력을 각성했다.

그 마지막이 나.

삼인조로 몰려다니면서도, 저 둘만 각성을 해서 속으로 상심이 많았던 내가 딱 마지막으로 각성을 했다.

처음에는 그것만으로도 행복했다.

"오오. 이거 봐. 이거 보라고!"

"와아. 이쪽도 만만치 않다고? 자 봐라!"

주은영이 날다람쥐 같은 몸놀림을 보일 때는 그 옛날 영화에나 등장하는 원더우먼이 나오는 게 아닌가 했다.

콰아아앙—!

정상수가 인간 같지 않은 힘으로 다 때려 부숴 대면서도.

"난 탱커라고. 탱커. 다 막는다니까?"

"무식한 새끼."

해맑은 웃음을 지으면서 자기가 탱커라고 우길 때도. 그때는 마냥 좋았다.

이능력 각성을 한 거만으로도 행복해져서는 실실 웃고 다녔다. 아주 실실.

세 명이서 각성을 했으니 세상이 다 내 것만 같았다.

허나 그때부터가 변화의 시작이었다.

* * *

빈곤한 데다, 일은 할 나이도 안 돼 알바도 못 구하고 작은 범죄들을 저지르며 먹고 살아온 우리다.

하지만 이제는.

"힘도 생겼는데 달리 살아야 하지 않냐?"

"그치? 역시?"

"맞지!"

없던 힘도 생겼는데, 이런 것도 갈고 닦아서 써먹으며 살아야 하지 않겠나.

그 잘난 이능력 학교 같은 곳을 가고 싶지만, 고아인 데다가 주민 등록도 안 돼 있을 게 뻔한 우리에게 그건 무리.

그래도 용케 각성도 했으니 이걸 갈고 닦으면 될 거라고 봤는데.

어둡던 세상에도 이제 볕 들 날이 생기고, 데리고 다니던 애들도 먹여 살리면서 화목하니 보낼 수 있을 거라 봤는데!

주은영과 정상수. 둘의 생각은 다른 듯했다.

아니 어쩌면.

'그게 본성이었을지도 모르지.'

인간이라는 것. 그 특유의 본성이 비어져 나왔을지도 몰랐다.

힘이 없을 때는 몰랐지만, 힘이 생기고 나서 드러나게 된 잔혹한 본성들.

"못난이들은 우리가 정리해 줘야 하지 않겠어?"

"응?"

"제대로 다스려야 하지 않겠느냐고. 일반인 애들은. 후후."

딜러로서 최상의 이능력. 안 그래도 타고난 날렵함에 더욱 강화된 몸을 가지게 된 그녀는.

"잘 보라구."

가장 먼저 변해 버렸다.

애들을 모으기 시작했다. 같은 처지에 있는 아이들을.

안 그래도 우리 셋이서 이끌어 가는 아이들이 있었는데, 그녀는 더욱 크게 세를 불리고 싶어 했다.

필요에 따라서는.

"크아아악. 사, 살려줘."

"흐응…… 그러기에 좋은 말로 할 때 왔어야지."

그녀가 그리도 싫어하던 폭력. 그 폭력이라는 이름으로 상대를 굴복시켜 갔다.

그리고 너무도 우습게도. 다른 흔한 이야기들처럼.

"아악. 제, 제바알……."

본성을 드러낸 그녀는 더 잔인해져 갔다. 더. 더. 더. 끝을 모를 정도로!

"그만해."

"흐응? 왜? 왜 그래야 하는데? 이 녀석 기억 안 나? 이 년 전의 그놈이라고!"

"알아……. 그래도 이건 심하잖아."

"뭐가 심한데! 우리가 당한 게 있는데!"

말려도 소용이 없었다. 아니 말리기 힘들었을지도 몰랐

다.

남자의 몸인 우리와 달리 홀로 여자의 몸이었던 그녀는 당한 게 많았다. 그래서 얻게 된 힘에 더욱 빨리 취했을지도 몰랐다.

그렇게 그녀는 점차 물들었다. 어둡게. 아주 어둡게.

'그게 시작.'

*　　*　　*

그다음이 정상수.

그는. 주은영이 그런 짓을 벌이는데도 가만 구경만 하고 있던 그는 언제부턴가 무슨 생각을 하는지 모르게 됐다.

매일같이 이야기를 하고, 속내에 비밀이라고 하나도 없는 셋이었는데 언제부턴가 그게 아니게 됐다.

그가 입을 닫았다.

같이 어울리기는 하나, 무언가 마음에 안 들어 보였다.

같이 아이들을 이끌던 그였는데.

"흐음…… 진찬수라고?"

"네, 넵!"

"좋아. 좋아. 너는 이쪽이다."

이쪽과 저쪽을 나눴다.

주은영이 데려온 아이들 중에서도 몇몇을 눈여겨보더니 조금씩 끌어들이기 시작했다.

"감사합니다!"

그걸 좋아했다. 그에게 선택받았다고.

'우습긴…….'

분명 이능력이 생겨나기 전까지만 하더라도 셋은 동등했다.

하지만 주은영과 정상수, 마지막으로 내게 이능력이 생기면서 우리 사이엔 알게 모르게 순위가 생겨난 건지도 몰랐다. 1위. 2위. 3위로.

처음에는 드러나지 않았지만, 본성을 드러내기 시작하면서 수면 위에 그런 것들이 떠오르기 시작했다.

"너 왜 그런 짓을 벌였어!"

"왜 그러는 겁니까? 상수 형님한테 말할 겁니다."

"뭐? 규칙을 어겨놓고 그런 소리가 나와?"

"무슨 놈의 규칙 말입니까? 그런 건 상수 형님한테 듣지도 못했습니다."

나이 차가 있으니 형님이라고도 할 수 있었다.

하지만 이 '형님'이라는 말의 어감이 너무도 다르게 느껴졌다. 마치 조직의 형님에게 하는 형님과 동네 형님에게 하는 형님이 서로 다른 느낌과 같았다.

처음에는.

'애들이 들어온 지 얼마 안 돼서 그러겠지.'

주은영이 사람 수를 불리고, 그중에서 몇몇이 정상수 쪽으로 붙었으니.

아직 정리가 제대로 되지 않아서 그런 게 아닌가 생각했다. 하지만 그게 아니었다.

완전히 찢어지는 상황이 일어나게 됐다.

그 시작은 이번엔 정상수였다.

한참을 고민하는 듯하더니, 늘 침묵만을 지키던 그가 어느 날 입을 열었다.

"얕은 물에서 놀기는 지쳤다."

"뭔 소리야 그게?"

"여기서 치고받고 하는 거에 지쳤다고."

"그러니까. 슬슬 건실한 자리 하나 잡자고 했잖아? 그 뭐냐, 파티도 이루고. 그러다 보면 되지 않겠냐?"

"푸훗. 개소리."

"뭔 소리야!"

치유계라도 하나 더 구하면 파티를 만들자. 그리고 그 파티로 아이들을 먹여 살려 보자.

그러다 보면 또 아나? 새로운 각성자가 나올지. 그러면 규모를 키울 수 있지 않겠나?

그리 이야기를 한 게 얼마 전인데, 그 이야기를 비웃는 정상수였다.

"개소리라고. 그럴 이유도 없고, 내가 희생할 필요도 없지 않아?"

"너……!"

"그런 소꿉놀이는 너나 하라고. 이쪽은 이만 갈 테니까."

상의도 없이. 아니 상의는 필요도 없이 이미 결정이 나 있다는 듯.

"가자!"

"예!"

그가 선택했다는 아이들은 전부 그를 따라 몰려갔다.

"야. 너도 어떻게 해 봐, 주은영! 네가 데려온 애들도 있잖아?"

"왜에? 응?"

능청스런 표정. 그녀가 거짓말을 할 때면 짓는 표정이었다.

그때 이준성은 깨달았다.

'다 짜놓은 판이로군.'

자신을 제외한 둘이서 이미 협의가 됐다는 걸 깨달았다.

하기는 주은영 입장에서는 좋은 이야기일지도 몰랐다.

아직 하급의 이능력자끼리 이런 말 하기는 우습지만, 한

산 안에 두 마리의 호랑이가 있을 이유는 없지 않은가?

정상수가 자신들의 아이들을 추려서 데려갔으니. 이쪽의 영역은.

'……주은영 것인가.'

주은영이 데려온 아이들로 채워지게 된다.

정상수의 영향력이 완전히 사라지게 된다.

고르고 고른 아이들이 사라진 건 당장 타격이 있을 수 있겠지만, 그 정도는 시간만 들이면 채울 수 있게 된다.

그러니 정상수가 사라져 주는 게 그녀로서는 남는 장사가 될 거다.

'우습네…….'

순간적으로 이준성은 이 상황이 우습다고 느꼈다.

이 무슨 장난인가. 그들이 비웃던 꼰대들이나 하던 짓을 자신들이 어느샌가 벌이고 있었다.

세력을 만들고, 다투고, 찢어지고, 서로가 서로를 용납하지 못한다.

순수하게 모여들었던 셋이었는데, 이준성 자신도 모르는 사이에 이미 찢어져 있었다.

그러다가.

"너도 가야 할 때지 않아? 준성아?"

"하……."

결국 자신조차도 내치는 주은영을 발견, 아니 보았다.

전이라면 설득을 했을지도 모르겠지만, 이제는 설득할 필요도 느끼지 못하게 된 이준성이었다.

"같이 갈 사람 있나?"

"……저요."

몇몇 아이들을 데리고 바로 떠나갈 채비를 했다. 초기의 인원들이 많았다.

그 몇몇의 아이들을 데려가는 정도는 용납하겠다는 듯, 아니 오히려 잘됐다는 듯 반기는 주은영이었다.

"잘 가. 그럼."

마지막으로 바라본 셋의 보금자리에는, 이곳이 이미 자기의 영역이 되었다고 생각하는 그녀가 있었다.

힘에 취한 그녀가.

'……그게 처음이었지.'

그때가 이 모든 균열의 시작이었다.

그리고 시간은 쭉 흘러가서 현재에까지 이르게 된다.

*　*　*

'고생길이 훤하군.'

따라온 아이들의 수가 꽤 많았다. 스물 정도. 다 고아였다. 고아가 뭐 있나, 못 먹고 못 사는 거지.

그나마 능력이 있는 자신이 있으니 다행이랄까.

주은영과 정상수가 빠졌지만 오히려 혼자인 게 홀가분할 정도다.

"이능력 쓸 데 없습니까?"

"크흠…… 네가?"

"그럭저럭 밥값은 합니다."

"그래 뭐…… 일단 해 보자고."

정식으로 헌터 등록도 못 했다. 미성년자고, 주민 등록도 안 돼 있으니까. 나중에서야 헌터는 주민 등록도 좀 더 편의를 봐주는 걸 알았지만, 그건 좀 더 나중의 일.

일단은 삼 일에 한 번이고 뭐고 없이 무조건 사냥부터 나가는 사냥터에 뛰어 들어갔다.

그리곤.

"허억. 헉……."

"더 버텨! 이 정도로 무너져야 쓰나!"

말 그대로 버텼다.

사냥터를 휘저으며 다녔다. 몸으로 때워 가면서 이능력을 키워 갔다. 다행히 재능은 있어선지 점차 강해져 갔다.

버티고 또 버티고. 오랜 기간을 있다 보니.

고오오오—

"오, 드디어 나도!"

데려왔던 아이들 중에 몇몇이 이능력을 각성했다. 이능력자가 될 확률은 그리 높지 않다는데, 몇 명이라니. 꽤 많이도 나왔다.

굶어 죽어가면서 버텨가던 생존력이 이능력 각성으로 발휘되었을지도 모를 일이다.

그런 애들을 잘 모았다. 이번에는 주은영이나 정상수처럼 되지 않도록 처음부터 길을 잘 들였다.

자신은 이능력자로 각성을 한 지 오래기 때문에 경험도 더 많았다.

덕분에 애들이 엇나가지 않았다. 같이 사냥을 나가게 되었고.

"오. 대단한데?"

"역시 이준성 쪽 애들이 꽤 해."

종종 손발을 맞춰가는 헌터들로부터 인정을 받게 될 정도였다.

그때부터.

"본격적으로 같이 하지?"

"나도 좀 껴줘 봐."

사람이 늘었다. 아이들뿐만 아니라. 헌터들도 따르기 시작했다.

주은영의 방식도 정상수의 방식도 아닌데도 사람들이 늘었다.

그 규모가 되니 일이 술술 풀려갔다.

굳이 다른 이들 것을 뺏을 이유도 없었다. 사냥을 하는 것만으로도 벌이가 됐다.

어이가 없는 건 그 뒤였다.

헌터 관리원의 사람들이 찾아왔다.

"이제 와서 등록을 하라고?"

"예. 헌터면 당연히 관리원에 등록을 해야 합니다."

"하. 이제 와서?"

"……안 그러면 여러 가지로 힘드실 겁니다. 고소를 당하실 수도 있습니다."

"마음대로 하라 해!"

세금을 내란다. 사체의 처리는 암시장을 통하란다. 자신들의 규칙을 따르라고 한다.

이제 와서.

도움이 필요할 때는 코빼기도 보이지 않던 놈들이!

규모를 키우기 전에는, 장비를 갖추지 못해서 죽어나간 아이들도 있을 때에는 뭐 하나 도와주지 않던 놈들이 이제 와서!

자신들에게 등록을 하란다!

말이 등록이지. 그게 등록인가.

헌터 관리원 밑으로 들어오라는 소리다. 알아서 기라는 소리다.

그 거대한 조직에.

꼰대처럼 군다. 아니 꼰대 그 이상이다. 꼰대는 쓴소리는 해도 강제는 잘 못하는 경우가 많다. 그래, 이건 깡패들이 하는 짓이나 다름없다.

거렁뱅이 같은 것들이 관리원이라는 거대한 패거리를 이루고서 돈을 뜯어내는 것과 다를 바가 없었다.

'모기 같은 새끼들.'

그런 놈들에게 반항을 했다.

주은영이나 정상수의 일로 생겨났던 반감들을 전부 헌터 관리원에 던져 넣었는지도 몰랐다.

말 그대로 개겼다.

관리원에는 코빼기도 보이지 않고서. 사냥은 더욱더 오래 하면서. 보란 듯이 사냥을 해댔다.

헌터 관리원에 가입을 하라고 종용을 하던 놈의 말처럼 어떤 일은 발생하지 않았다.

고소도. 힘든 일도 없었다. 되레 더욱 잘나가기 시작했다.

"역시 건드리지도 못하네."

"크큭. 그렇지 뭐. 말만 뻔지르르하다니까."

이상하리만치 건드는 일이 없었다. 그렇게 버텨 갔다.

오히려 문제는.

"흐응…… 여기까지 와서 어쩌자는 거야?"

"뭐가. 고향인데."

"고아끼리 고향은 무슨 고향. 경기 서부는 내 영역이라고 했잖아!"

"개소리 마. 이쪽은 사냥만 할 뿐이다. 방해만 하지 말라고."

주은영 쪽에서 나왔다.

해구마라든가 샴오크, 그 외에도 여러 몬스터가 경기 서부에 있었다. 돈이 좀 되는 몬스터들이 꽤 됐다.

그래서 경기 서부에 왔건만. 고향 친구, 아니 그 이상의 의미를 가졌다 할 수 있는 주은영이 되려 방해가 됐다.

그조차도 버텼다.

적당히 피해 가면 됐다. 시비를 걸어오면 속은 쓰려도 잘 넘어가면 됐고.

그렇게 헌터 관리원은 잊어갔다.

주은영과의 묘한 대치가 있었긴 하지만, 이준성 자신을 따르는 자들이 늘어가는 만큼 문제는 별로 없었다.

되려.

"……저쪽 힘들다던데?"

"뭔 소리야?"

"난리도 아닌가 보더라고. 몇몇 조직도 새로 생겼다고 하고."

"알 바 아니지. 우리야 사냥이나 하고 먹고살면 돼. 잘 먹고 잘 살면!"

시간이 지나니 주은영 쪽이 더 힘들어졌다.

경기 서부에 여러 조직이 생기고, 서로 항쟁이 일어난 거다.

예전이라면야 그런 주은영을 챙겼을지도 모르겠지만.

'지금은 남이지…….'

지금은 전혀 상관없는 사람이다.

범죄 조직원들끼리 싸우는 거야 이제 와서 알 바 아니었다.

헌터 관리원 입장에서는 이준성 자신도 그런 범죄자와 다름이 없겠지만, 그거야 헌터 관리원 입장 아닌가.

자신은 이대로 먹고 살면 되는 거라 봤다.

* * *

가끔 몇몇 이들이 찾아오기는 했다.

특히 인상에 남는 자가 이름이 김기환이라고 했던가.

길드장이라고 해 놓고서는 꽤 해맑은 얼굴을 하고서 찾아왔다. 인상이 확 핀 것이 자신처럼 고생이라고는 전혀 해보지 못한 사람 같았다.

'소문하고는 다르군.'

듣기로는 온갖 고생을 다 했다고 들었는데, 그게 전혀 티가 안 났다.

구김살이 없어 보일 정도였다. 되레 그의 옆에서 가만 분위기를 잡고 있는 허웅이라는 이가 더 고생이 많아 보였다. 머리가 반짝여서 그럴지도 몰랐다.

어쨌거나 대뜸 어렵사리 자리를 잡고 찾아온 그는.

"같이하는 게 어때?"

"무슨 소리야. 여기 겨우 자리 잡고 있는 주제에 무슨 헛소리를……."

"에이. 겨우라니. 일단 들어오면 네가 생각하는 그 이상을 볼걸?"

"약 했냐. 말도 안 되는 소리."

자신을 영입하길 원했다.

조건은 나쁘지 않았다. 아니 오히려 후했다.

헌터 관리원에 밉보인 자신들을 어찌 데려가겠다고 하는 건지는 모르겠지만 막상 들어가면 나쁘진 않을 거 같았다. 소문도 나쁘지 않았고.

그래도.

“됐다. 나는 나대로 살 거니까.”

“흐흠…… 아쉬운데…….”

“헛소리 마라. 됐으니까. 들어가라. 멀리는 안 간다.”

“알았다고. 생각 있으면 다시 연락 줘.”

자신이 지금까지 해 온 바가 있지 않은가.

비록 김기환이 친구처럼 다가오기는 했지만, 자신에게는 오래전 가졌던 친구 둘로서도 충분했다.

괜히 더 인연을 만들고 싶지 않았다. 그렇기에 거절했다.

그런데 거절을 하고 얼마 뒤.

“……경기 서부로 진출을 하려고 합니다.”

오랜 옛 친구였던 정상수가 경기 서부에 들어오기 시작했다.

천정이라는 이름을 가지고서. 제니스라는 길드의 산하 길드로서. 꽤 멋지게 금의환향을 했다.

‘새끼. 정말 많이 컸네.’

찾아가지는 않았다. 자격지심이나 그런 게 있어서는 아녔다.

이제 와서는 셋 모두 다른 길을 걸어가고 있다 생각해서였다.

굳이 찾아가서 옛 추억을 떠올리는 순진한 취향 따위는 버린 지 오래였다. 그때의 순수는 이미 사라졌다.

그래도 마음속으로 축하는 했다.

오랜 친구였던 이가 성공해서 온 걸 축하하지 못할 만큼 옹졸하지는 않았다.

그가 사냥하는 곳은 알아서 피해 줬다.

얼마 전 자라난 길드의 제안을 받아들이지 않은 것도 잘 했다 생각을 했다.

그래도 한때 친구였던 정상수 아닌가.

비록 한때라지만 친구가 적으로 삼을 듯한 길드로 들어갈 필요는 없다고 생각했으니까.

그게 이준성, 그가 생각하는 최소의 예의였다.

그런데.

"뭐……야. 이게."

"무슨 일이야?"

사냥을 하고 돌아온 그들의 집. 그곳이 풍비박산 나 있었다.

장비 구하랴. 애들 먹여 살리랴. 제대로 꾸미지도 못한 곳이지만, 그와 관련된 많은 이들이 먹고사는 곳이었다. 보금자리였다.

가족과 같은.

그런 그곳이 완전히 망가져 있었다.

이 무슨 상황이란 말인가?

“조사는!? 아니 그 이전에 누가!”

“……헌터 관리원 쪽에서. 불법적인 거라고.”

몇 년 전에 헛소리를 씨불이고 간 헌터 관리원에서 찾아왔다고 한다.

이제 와서!

말이 안 되는 소리였다.

“그게 무슨 개소리야? 지들이 무슨 판사야? 법을 만들어? 정부야? 이게 무슨!”

정부가 헌터에 쓴소리 하나 못한 지가 오래됐다.

헌터는 헌터 관리원에서 관리를 한다는 게 당연하다시피 된 게 꽤 되기는 됐다.

그래도 이건 아니지 않은가.

지들이 뭐라고! 애써 꾸미고 있는 자신들의 모든 것을 불법이라고 규정 짓는가!

아니 규정을 짓는 거야 신경도 안 쓴다. 오래전부터 그래 왔으니까.

그렇다고 해서 다 부숴도 되는 건 무슨 권리란 말인가!

말이 안 되는 짓이었다. 이제 와서 이런 일을 벌이다니. 다 이유가 있을 거다. 이유 없이 이 오랜 기간이 지나서 벌이는 건 말이 안 됐다.

사람을 이끌다 보니 만들어진 촉이 이준성을 강하게 때렸다.

'뭔가 있다. 확실해.'

이 일에는 분명 뭔가 이유가 있었다.

이제 와서 잠잠했던 헌터 관리원이, 무슨 이유가 있어서 자신을 본격적으로 건드리기 시작했단 말인가.

"……여기 찾아가서 자세히 알아봐."

"준성이 너는?"

"나는 나대로 알아볼게. 어서 움직여!"

"알았어. 우선 해볼게."

애들을 풀기 시작했다. 얕긴 하지만, 그나마 있는 정보망을 돌리기 시작했다.

꽤 열심히 분주하게 움직였다. 밑에 있는 애들도 애써 달렸다.

그런데.

"다 때려잡아!"

어디서 나왔는지 모를 자들이 자신들을 더욱 직접적으로 압박하기 시작했다.

헌터 관리원이라는 이름 아래에서!

차라리 그런 압박은 어찌 버틸 수 있었다. 공권력이랍시고 자신들을 압박하는 것에서 도망가는 노하우쯤은 많았다.

헌데 가장 중요한 문제는. 그가 알게 된 진실.

'……어째서!'

아주 차가운 진실이 문제였다.

그 모든 게 그를 바꾸기 시작했다.

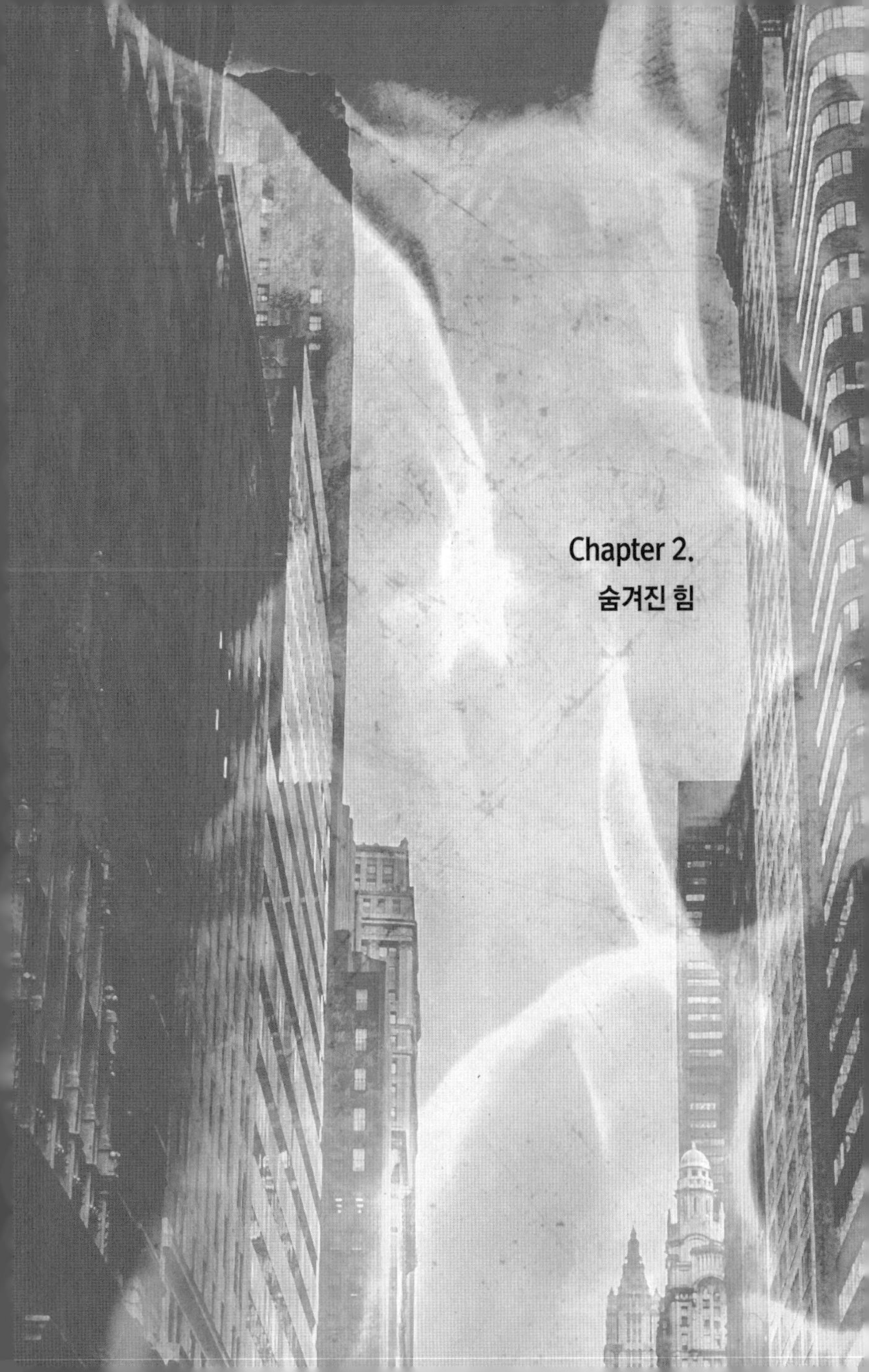

Chapter 2.
숨겨진 힘

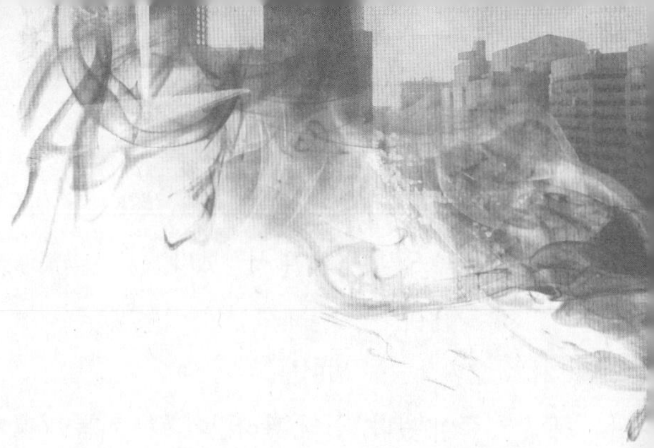

자신을 건드리는 거야 참을 수 있다. 그쯤은 예전의 의리로 넘길 수 있다. 바보 같을지라도 이준성의 성격이 본래 그러했다.

어쩌면 어린 날의 그 시절을 함께한 것에 대한 마지막 예의일는지도 몰랐다.

그런 것쯤은 좋다 이거다. 그래도.

'아이들은 안 된다.'

그 외의 모든 것들은.

자신은 괜찮더라도, 자신과 관련 있는 자들. 헌터, 아이, 보금자리. 그 모든 것들은 건드려선 안 됐다.

그런데 그러한 것들을 건드렸다.

더욱 압박이 오기 시작했다.

"저기다!"

"젠장…… 튀어!"

쫓아 왔다. 헌터 관리원이라는 이름 아래에 헌터들이.

마치 수배범처럼 몰리기 시작했다. 뭘 약속받았는지 몰라도 그들은 눈에 불을 켜고 자신들을 쫓기 바빴다.

아이들은.

"우선 맡기자. 그래도 몇몇 곳은 있잖아."

"후…… 어쩔 수 없지."

그나마 인연이 있던 곳에 맡겼다.

그들도 가난하기는 하지만, 평소 인연이 닿았던 자들이다. 어려울 때면 도와줬던 것이 다행히 잘 작용해 줬다.

"혀, 형!"

"싫어! 싫다구!"

떨어지려 하지 않는 아이들. 그런 아이들을 그나마 나이가 찬 아이들이 잘 달랬다.

"쉬잇. 그러면 피해가 가."

어린 나이임에도 고생을 해서인지, 조금이라도 나이가 든 아이들은 철이 들어 있었다.

덕분에.

'잘할 수 있겠지.'

믿음직스러웠다.

다행히 헌터 관리원도 아이들은 더 건드리지 않았다.

이능력도 없는 그 아이들을 건드릴 필요까지는 느끼지 못했던 듯하다. 그나마 다행이었다. 아이들마저 건드리면 미쳐 돌았을지도 몰랐다.

그래도 압박은 계속됐다. 헌터들만 남으니 더욱 치열하니 뒤를 쳤다.

"어서 도…… 크헉……."

"치헌아!"

"가…… 내가 붙잡을 동안…… 가라고!"

"이 미친 새끼가!"

삼류 신파극이라도 찍는 듯했다.

희생을 당하기도, 희생을 하기도 하면서 압박에 버텼다. 이제 와서 이들이 왜 이러는지 알기 위해서라도 더욱 버텼다.

그러다 진실이 찾아들어 왔다.

"정상수!"

레이드를 가겠답시고 광고를 하고 나간 그놈!

그놈이 헌터 관리원에 로비를 넣었단다. 이준성과 그의 패거리를 처리해 달라고. 아주 꽤나 많은 대가를 치렀다나?

'그 정도였나…….'

이준성 자신이 생각하는 몸값 이상!

꽤나 많은 값을 치르고서 이준성과 그 패거리를 처리해 달라 했단다.

말이 되는 소린가? 이게?

아니. 세상에 말이 안 되는 소리들이 넘쳐난다지만, 이건 너무.

'부자연스럽다.'

이상했다. 굳이 자신에게 대항하지 않는 이준성을 치려고 로비까지 하는 건 뭔가 말이 되지가 않았다.

'더 있어. 진실은 더욱더 그 안에 있다.'

끊임없이 생각했다.

대체 그가 왜 자신을 건드렸을까?

어떤 이득이 있기에 그런 대가를 주고서 자신을 압박을 했을까?

헌터 관리원에서 집요하게 자신을 치도록 만든 이유가 뭐였을까?

열심히 머리를 굴리고 또 굴렸다.

그러다가 내려진 하나의 결론. 아니 단 세 글자의 이름.

'주은영.'

자신이 내쳐져야만, 아니 뿌리가 뽑혀야만 이득을 얻을 수 있는 자.

자신이 사냥을 하게 됨으로써 영역을 빼앗긴 쪽. 자신을 언제부턴가 눈엣가시로 여기는 오랜 친구. 어쩌면 첫사랑일지도 모를 그녀.

모든 것이 그녀에게로 귀결됐다.

*　*　*

"여긴가……."

이준성은 그녀를 찾아갔다.

'직접 듣겠어.'

어떤 이유에서인지 자신을 눈엣가시로 여기는 그녀에게서 직접 듣고 싶었다.

그를 이렇게까지 몰아붙이는 이유를.

또한 가능하다면 더는 일을 크게 벌이지 않기를 바란다는 말을 남기기 위해서 그녀의 본거지로 걸음을 옮겼다.

어두워져 가는 그녀의 마음만큼이나 어두운 곳에 그녀의 본거지가 있었다.

'어울리지 않군.'

어린 시절, 빵 한 조각이라도 나눠 먹던 그녀가 있는 곳이라고는 상상도 못 할 만큼 어두운 곳이었다.

그때의 그녀와는 전혀 어울리지 않는 곳이라 생각이 들

정도였다.

오래 전 그날. 마지막으로 그녀를 볼 때보다도 더욱 어두워져 있는 느낌이었다.

퀴퀴한 냄새를 맡으며, 발에 채는 지저분한 것들을 치워가면서 안으로 들어섰다.

"왜 왔지?"

그녀는 자신을 반기지 않았다. 표독스러워진 눈으로 그를 바라봤다.

그녀에게 남은 것이라고는 그녀의 몸에 착 달라붙은 화려한 옷가지. 짙은 향수의 향 정도.

오래전의 순수한 풋풋함은 전부 사라진 채로 물어 오는 그녀는.

'……다르구나.'

애써 한 점의 지푸라기라도 잡듯이 그녀를 찾아온 그가 느끼기에는 너무도 달라져 있었다.

그래도 애써 희망을 가졌다. 바보처럼.

"부탁 좀 하려고."

"흐응…… 무슨 부탁? 가능하면 들어 줘야지. 그래도 친구였는데. 후후."

"이번 일, 헌터 관리원. 알지?"

"어머? 알아낸 거야? 대단한데?"

능청스레 대답하는 그녀. 그녀의 표정에는 헌터 관리원의 추격으로 막다른 길에 몰려가고 있는 자신에 대한 조롱만이 가득했다. 아니 아주 그득했다.

그녀의 얼굴을 처음으로 크게 한 방 날려주고 싶어지는 그였다.

살기를 애써 누른다. 이준성. 그에게는 걸려 있는 게 많았다.

"……그거 어떻게 해 줄 수 없나."

"설마 그걸 부탁하러 온 거야?"

"그래."

"……흐응."

먹이를 다 잡은 사자가, 사냥감을 가지고 놀 때 이런 표정을 지을까.

콧소리를 내는 그녀의 표정에는 광기가 실려 있었다. 목숨에 대한 조롱은 덤이었다.

그 상태 그대로 그녀는 그를 조롱했다. 본심을 숨기지 않고.

"가능은 해."

"진짜인가? 내 이번 일만 넘기면!"

"단…… 대가는 치러야지?"

"……뭐지?"

"네 모든 것."

타다다닷.

그녀의 말이 끝나자마자 주변이 들썩거리는 게 느껴진다.

'당했군. 깨끗하게.'

마지막. 정말 마지막이라고 생각하고, 마지막의 순수에 매달려서 찾아온 이곳에서 이런 발걸음 소리가 들릴 줄이야.

너무 뻔한 발걸음 소리이지 않은가.

'어리석었어.'

처음부터 여기를 오지 말아야 했다.

배신을 당할 줄 알아야 했다.

이 무슨 삼류 같은 레퍼토리인가. 이런 건, 사냥을 쉴 때 잠시 봤었던 드라마에서나 질릴 만큼 나왔던 이야기 아닌가.

하필이면 그럼 삼류, 아니 삼류도 못 되는 이야기의 주인공이 자신이 될 줄이야.

"너만 사라지면 다 끝나. 그거면 되고."

"……너어!"

숨겨뒀던 살기를 불러일으킨다.

그래도 머리로는 끊임없이 생각한다.

주은영을 칠까? 그녀 하나의 목숨은 취할 수 있을 거다.

그래도 수십 번은 목숨 걸고 뒹굴었던 자신이다. 그녀 하나 정도 처리하는 건 일도 아닐 수 있다.

실력이 된다.

하지만 그건 너무 단순한 복수이지 않은가. 그녀를 데려가고 그도 죽는다?

'너무 쉬운 짓이지.'

그런 일을 벌일 수는 없었다.

그러니 더욱 어려운 것을 택했다.

'뚫는다.'

화아아아아악—

이능력을 불러일으켰다.

자신이 딜러인 게 다행이었다. 이능력자끼리의 전투에서는 딜러가 강한 편이니까.

목숨 몇 번 날아갈 걸 버텨가면서 만들었던 애병을 꽈악 쥔다. 든든했다.

"도망간다! 잡아! 아니 죽여!"

오래전 그들을 조롱하던 어른들. 꼰대들. 그들과 같은 자세로 명령을 내리는 주은영의 목소리를 뒤로한다.

누가 여자를 아름다운 한 떨기 꽃이라 했나.

그녀는 꽃도 못 된다. 가시가 있는 장미도 못 된다. 단지 악녀 그 자체일 뿐.

그녀를 뒤로한 채로 뛰기 시작한다.

"막아!"

“여기다!”

뚫기 시작한다. 자신의 애병 하나만을 믿고서.

미친 듯이!

*　　　*　　　*

“허억…… 허…….”

얼마나 당한 건지.

상처가 그득하다. 곳곳에 피가 났다. 이대로라면 과다출혈로 죽는 건 확정이다.

그런데도 몸이 버텨준다.

아직 살겠다는 의지가 있어선가? 아니면 사냥터에서 뒹굴면서 몇 번은 죽을 고비를 넘겨서 이 정도는 괜찮다고 여기는 건가?

상관없다. 어느 쪽도.

다만 이대로 무너지는 것만큼은 참을 수가 없었다.

수습을 해야 했다. 아니, 더 나아가서 복수를 해야 했다.

‘생각해야 해.’

우선 살아야 한다. 힘을 길러야 한다.

이런 위기 때면 언제나 생각을 해야만 했다. 몸이 아니라 머리가, 내 목숨을 살릴 수 있다.

머리를 굴려야 했다.

"으윽."

정신이 한없이 아찔하지만 그럼에도 버텨야 한다고 생각했다.

그리곤 끊임없이 되뇌었다.

어떻게 해야 하나. 이 모든 이들을 이끌고 어디로 가야 할까!

그러다.

'……하. 이럴 때…….'

품 안에 있는 명함 하나가 생각이 났다. 우습게도.

여태 모든 것들을 자신의 홀로 힘으로 해결하려 했던 주제에, 이제 와서 기댈 곳을 찾고 있다.

하지만 우습게도 그나마 그가 믿을 만한 곳이었다.

천정, 제니스 길드. 헌터 관리원. 정상수. 주은영.

그런 이들을 조사하면서 함께 알게 됐던 진실. 그 진실이 알려줬다.

지금 상황에서 그나마 믿을 수 있는 자라고는 그들뿐이라고.

뚜욱― 뚝―

'미리 입력할 걸 그랬나.'

어지러운 정신에 번호도 제대로 누르지 못한다. 몇 번이고 실패하다가 겨우겨우 전화를 걸어냈다.

—여보세요?

그의 목소리가 들려온다. 아주 반갑다는 듯 그의 전화를 받는다. 좋다. 좋아. 이 녀석한테 걸어 보자.

삼류 신파극을 찍는 것보다는 이게 더 낫겠지.

—누구?

"크흐……."

—뭐야. 음? 설마 너?

자신을 기억해 주는 건가. 그가 짧은 목소리에 자신에게 반응을 한다. 아니 어쩌면 여러 가지로 이미 파악하고 있을지도 모른다.

뭐 상관없다.

이제 여기서 기댈 곳, 아니 복수를 위해서 도박을 해 볼 만한 곳이라고는 그밖에 없었으니까.

"…… 김기환. 나다. 이준성."

—설마 그 짧은 기간에 당한 거냐?

"……."

면목 없군.

그의 말에 답을 하지 못했다. 하지만 그는 상관하지 않았다.

김기환. 그는 마치 자신의 오랜 친구라도 되는 것처럼,

큰 목소리를 냈다. 자신이 어딨는지를 물었다.

그리곤.

-조금만 기다려라. 사람 보낼 테니까.

사람을 보내겠다 말했다. 마치 자신이 이미 동료인 것처럼.

멍하니 기다렸다.

누구를 보낼지도 모르는데. 어쩌면 함정일지도 모르는데도. 기다렸다. 멍하니.

그러고 있으려니 사람 하나가 다가온다.

"이제는 쓰레기도 주워 오라고 하는군. 너냐? 이준성이?"

반쯤 쓰러져 푹하고 주저앉은 자신을 내려다보는 자. 그 자의 얼굴이 어디서 들어본 자의 얼굴과 비슷했다.

이자가 여기에 왜? 죽었다고 들었는데? 아니었나?

"처, 철인?"

* * *

어째서 철인이 이곳에?

이준성은 말도 안 되는 상황에 안 그래도 멍하던 정신이 더욱 멍해지는 느낌이었다.

그런 그를 보고도 철인은 자기 할 말만을 할 뿐이었다.

"말은 좀 더듬어도 제정신이군. 아니, 너도 이쪽에 왔으니 미친 새끼인가. 환영한다."

덥썩.

한 손으로 그를 든 철인. 온몸이 비늘로 덮이고, 그와 비슷한 크기의 거대한 검을 들고 있는 그가 자신을 끌고 어딘가로 데려가기 시작했다.

부축도 아니고 어깨에 매달다니.

이야기 속 공주님도 아니고, 이런 식으로 사내에게 매달려서 가는 건 이준성 쪽에서 사양이었다.

하지만 그렇다고 뿌리치기에는 힘이 너무 없었다.

'공주님 안듯 안지 않아서 그나마 다행이라고 해야 하나…….'

여유가 생기니 헛생각이 드는 건가. 출혈이 큰 탓에 정신이 집중이 안 돼서 그럴지도 몰랐다.

그런 이준성을 데리고서 잘도 철인은 어딘지 모를 곳을 향하고 있었다.

그 와중에 이준성이 드는 의문은 하나.

추격자들.

아무리 그가 따돌린 게 있다고 하더라도 지금쯤이면 추격자들이 붙어야 했다. 분명히.

그런데 붙는 자들이 없었다. 대체 왜?

'……처리한 거군.'

추격자들이 있어야 하는데 없다. 그 의미는 단순했다.

철인. 그의 검에 맺혀져 있는 피로 모든 게 설명이 될 거다. 뻔하다. 그가 처리했겠지.

자신은 이토록 애먹었는데, 그는 그들을 처리하고도 피로한 기색이 없었다.

'소문이 축소됐나…….'

소문보다 더욱 강한 자일지도 몰랐다.

그런 자에게 따져 묻는 건 우스운 이야기일지 모르지만 물어야만 했다.

쓰러지기 직전의 혼란스러운 정신이지만 가장 중요한 게 남아 있었다.

"어, 어디로. 아니 아이들은 어떻게 됐지."

"그 아이들은 다른 애들이 챙겨 갈 거다. 걱정 마라. 잘 먹고 잘 살 거니까."

"……아."

그제서야 안심이 됐다.

아이들이 괜찮다는 증거도. 어떻게 해 줄 거라는 구체적인 약속도 없었는데. 그게 안심이 됐다.

논리적으로는 설명할 수 없지만, 본능적으로는 설명이 되는 기분.

그렇기에 그제서야.

"……."

침묵 속에서 정신을 잃을 수가 있었다.

그런 그를 철인이 흘끗 바라본다. 복잡한 눈빛이다. 그러다가 묵묵히 그를 들고서 움직이기 시작한다. 그가 왔던 그 곳으로.

* * *

"일어났군."

"……여기가……."

대체 어디냐는 물음이 섞여 있었다.

자라난 길드의 본부라고 하기에는 너무 넓었다. 천장도 생각 외로 높았다.

그가 보았던 자라난 길드의 본부는 이리 넓은 곳이 아니었다. 아직 지어지고 있는 곳을 제외하고는 고작해야 건물 하나.

딱 그 정도만 되던 곳이 자라난 길드였다.

병원이라기에는 또 너무 이상했다. 곳곳에 치료 기구들이 있지만 흩어져 있다. 저런 식으로 치료용 도구를 흩어 놓는 의사는 또 없을 거다.

'대체 어디지…….'

그런 그를 철인이 가만 바라본다.

이미 이준성의 물음을 눈치채고 있는 듯 답을 해줬다.

"재밌는 곳이다. 내가 정복해야 할 곳이기도 하고."

"정복?"

여기서 무슨 쌩뚱맞은 무슨 말이란 말인가. 정복이라니. 사전 그대로의 정복을 말하는 건가?

맥락에도 없는 말을 해 놓고는 철인은 여전했다.

"그래, 정복. 재밌는 놈들이 많거든. 너처럼."

"하…… 나 같은 놈이라. 알 만하군."

"눈치는 빠르니 좋군. 많이 설명하지 않아도 되니까."

"정말 재밌는 곳이겠네."

아이들은 맡아준다 했다.

자라난 길드가 이끄는 곳에 데려갔을 수도 있고, 또 다른 어떤 곳에 데려갔을 수도 있다. 그래도 잘 지낼 거다. 이유를 알 수 없는 믿음이 있다.

그리고 남은 마지막 짐.

"내 다른 헌터들은 어떻게 됐지?"

"오고 있을 거다. 그쪽은 구조에 시간이 좀 걸렸다는군."

"하……."

자신이 이끌던 헌터들도 이곳에 온다고 한다.

'희생이 있긴 하겠지…….'

그 사이 당한 자들도 있겠지만, 완전한 전멸을 생각하던 때보다는 훨씬 나았다.

확실히 자라난 길드는 생각 이상의 어떤 힘을 가지고 있었다.

'나도 모르게 우습게 봤을지도…….'

김기환이라는 자. 그의 해맑은 모습에 가려져서 그렇지, 그 속은 누구보다 탄탄한 듯했다. 지금 이 순간 그의 눈앞에 있는 철인만 봐도 그렇지 않은가.

자신만큼, 어쩌면 그 이상이 될 수 있는 철인이 이곳에 있다는 것만으로도 알 수 있는 부분이다.

아이들. 헌터. 자신이 이끌던 조직.

그런 것들에 대한 짐을 놓고 보니 그제서야, 가슴 아래에 숨어 있던 감정들이 슬금슬금 비집고 나온다.

투쟁심. 경쟁. 흥분. 호기심.

그런 감정들이 잔뜩 뭉쳐져서 이준성도 모르게 입을 열게 만든다.

"여기에 너 같은 자들이 몇이나 있는 거지?"

"……많지. 제각기 사연이 다 있고."

사연을 가진 자들이라. 그런 사연이야 알 바 아니다. 자신만 하더라도 삼류 신파극 한번 찍고 오지 않았나.

중요한 건 그런 게 아녔다. 그에게 질문을 이해시켜야 했다.

"정확히 물어야겠군. 너만큼 강한 자들은 얼마나 되는 거지?"

"나만큼이라……."

비웃을 줄 알았는데, 생각보다 진지하게 받아준다.

'넷, 다섯? 아니면 여섯? 그도 많은데…… 셋 정도?'

한창 머리를 굴려 본다. 철인만큼 강한 자는 많지 않으니 많아야 몇 명 되지 않을까. 하는 그런 생각들이 오간다.

허나 들리는 그의 답은 이준성의 예상을 철저히 깨버렸다.

"생각 이상으로 많다. 아직 모르는 놈들도 꽤 많고."

"……하. 무슨 괴물들 집단인가?"

"그럴 수도 아닐 수도 있지. 재밌거든, 여기. 각자 제안을 받고 왔지만, 목표는 또 제각각. 그러면서도 모여 있지. 미친 새끼들도 많고."

"각자가 제각각이라……."

그제서야 처음 철인이 말했던 '정복'이라는 말의 의미를 알게 된 이준성이었다.

이곳은 한 자리에 있지만 모두가 떨어져 있는 곳이다.

자라난 길드에서 용케도 모아 놨지만, 이들을 나름대로 이끌어 줄 자가 없는 곳이다.

자라난 길드라는 이름 아래 있으면서도, 특수하게 있는 자들. 그런 자들이 이곳에 있을 거다.

마치 이준성 자신처럼.

그러니 이곳을 모두 규합하는 자가, 이곳에 있는 모두를 정복하게 될 거다.

대체 그 자라난의 김기환은 무슨 생각을 가지고 이런 곳을 만든 걸까? 딱 미친 곳이지 않나.

'재밌군…… 정말로…….'

이준성은 진심으로 재밌다고 생각해버렸다.

동시에 그의 웃음도 철인의 그것과 비슷하게 변하기 시작했다.

투쟁하는 자이자 앞으로 나아가려는 자의 그런 미소가 맺혔다. 김기환의 해맑은 웃음과도 비슷했다.

해맑게 웃으며 먼저 이야기를 꺼내는 쪽은 이준성이었다.

"재밌군…… 정복이라고 했지?"

"그래."

"누가 더 먼저 하나 내기해 볼까? 아니지. 누가 이길지 해보겠어?"

도발하듯 내뱉는 이준성. 그 모습을 철인은 우습다는 듯 받아들인다.

"풉. 그 몸으로? 아서라. 백 년은 멀었다."

"지켜봐야지. 나 이래 봬도 보기보다 꽤 굴러먹은 놈이거든."

"흐음……."

철인이 관찰하듯 그를 살핀다.

아래에서부터 위로. 그의 온몸에 난 흉터와 상처들을 가장 먼저 본다.

첫 사냥에서 얻은 흉터. 사냥감을 뺏기다 난 상처. 기습에 당한 상처. 그런 흉한 상처들을 한참 본다.

그러다 어느 순간 이준성의 눈을 바라봤다. 이준성도 지지 않고 마주 바라봤다. 피하지 않았다.

그제서야 인정하는 듯 고개를 끄덕인다.

"할 수 있다면 해 봐. 어디 한번 지켜보지. 내가 지면 철저히 아래에 들어가 주마."

"그 말. 후회하지 마라. 이쪽도 말도 안 되지만 진다면 해 주지. 어때?"

"운이철. 그 지랄 맞은 놈만큼이나 재밌는 놈이군."

"약속이나 해."

"좋다."

이준성이 손을 내민다. 그 손을 철인이 맞잡는다.

꽈악.

오고간 수많은 제안들. 인연들. 전투들.

그 많은 것들이 쌓여서 만들어진 이곳.

자라난 길드의 숨겨진 힘이 될 수 있는 이곳에 김기환과 운이철은 많고도 많은 씨앗들을 심어왔다.

철저한 계획으로 시작했으나, 반쯤은 도박이었던 일이었다.

그리고 그 도박이라는 씨앗이, 시간이라는 거름을 바탕으로 싹을 틔우기 시작했다.

* * *

그런 일을 해낸 주제에 김기환은.

"화아…… 드디어 도착!"

진지하기는커녕. 그 특유의 해맑은 미소를 짓고서는 자축을 하고 있었다.

철인을 투입하고, 그 외에 많은 숨겨졌던 인원들을 투입했던 주제에 잘도 진지하지 못했다.

그가 보낸 인원들로 알아서 이준성과 그 패거리들을 챙겨냈을 거라고 생각하는 듯했다. 걱정이라고는 단 한 점도 보이지가 않았다.

"와아!"

"드디어!"

이번 여정은 꽤 길었다.

레이드라고 하지만 잡아야 하는 것들이 여럿인 데다가, 사냥터 자체가 멀었다.

그러니 자연스레 여정이 길 수밖에 없었다.

도착 자체가 축하할 만한 일.

그래도 긴장은 계속해야 했다. 다 끝난 건 아니니까.

가만 상황을 바라보던 허웅이 용케 옳은 소리를 한다.

"그래도 이제 시작이니 다들 긴장 꽉 하라고!"

"옙!"

도착했다는 것에 풀어졌던 마음을 가졌던 길드원들도 그제서야 풀어졌던 긴장을 다잡는다.

다시금 긴장을 하고.

"근거지 만들기 시작해!"

"넵!"

지휘부의 말에 따라서 근거지를 잡기 시작한다.

이번 레이드의 특성상 레이드가 길어질 수도 있기에, 미리 좋은 자리를 선점하는 거다.

"으차……."

"어이. 지반 제대로 다져. 허리 나간다!"

완성되는 곳도 보이고, 또 아닌 곳도 보인다. 아직 작업이 더 이어져야 했다.

한참을 그렇게 근거지를 만들 때쯤.

김기환의 옆에서 한참 상의를 하던 허웅이 귀를 쫑긋했다. 그리고 한쪽을 가리킨다.

"오? 저기 또 오는데."

"푸핫. 예상 이상인데? 보람이 있어. 보람이."

"악마 같으니라고."

그곳에는 김기환의 작품(?)들이 초췌한 모습을 이끌고 오고 있었다.

쌩쌩한 모습으로 이곳에 온 자라난 길드와는 전혀 다르게, 초췌하고 피로해 보이며 동시에 세상의 힘든 일은 다 겪고 온 것 같은!

천정 길드가 자라난 길드 다음으로 오고 있었다.

"여어!"

그리고 그런 천정 길드를 악동의 미소를 하고 맞이하는(?) 김기환이 있었다.

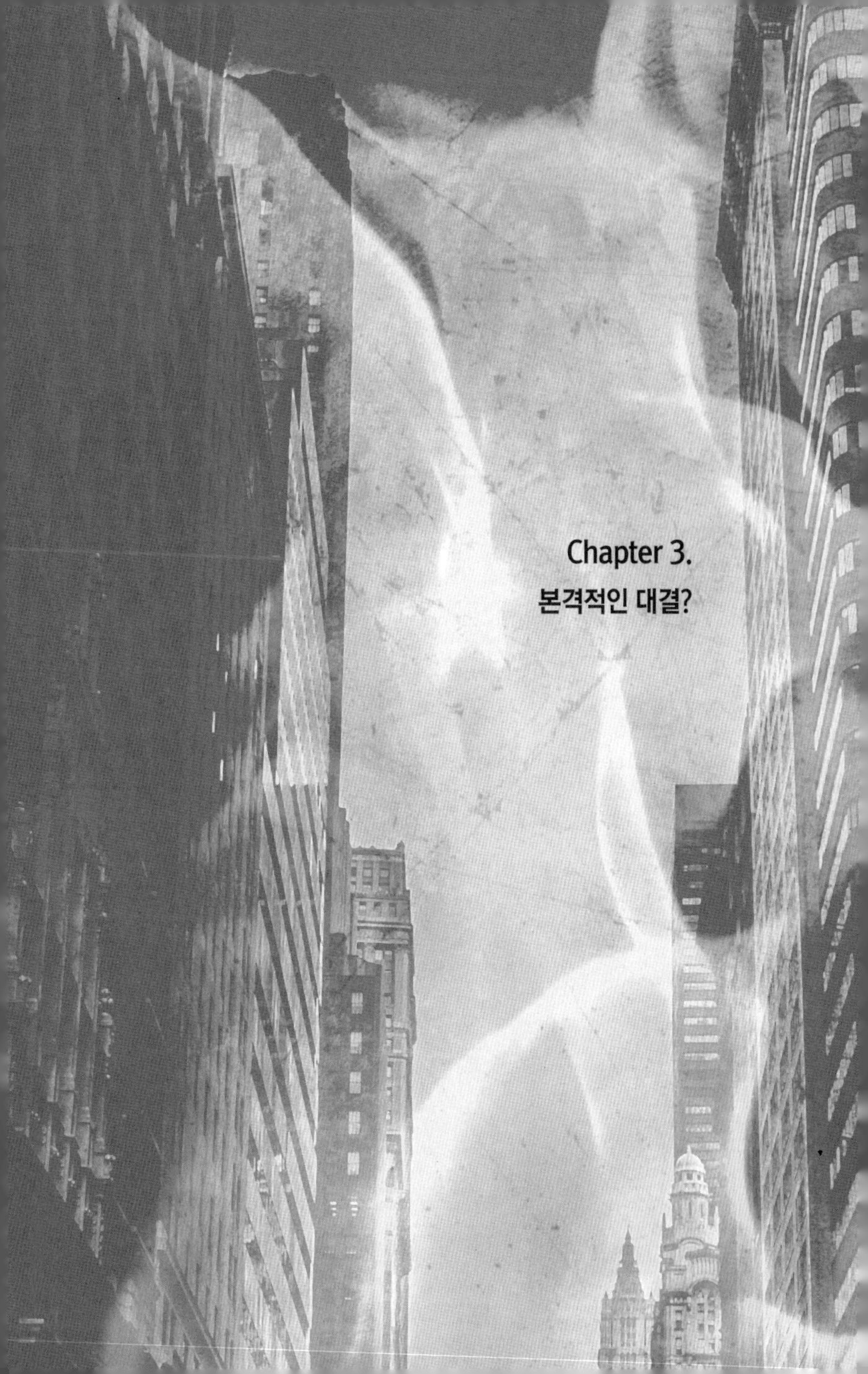

Chapter 3.

본격적인 대결?

그때의 일.

김기환이 정찰조와 마주했던 일 이후로 몬스터들의 공격은 반으로 싹 줄었다.

그가 줄고 몬스터의 출현도 줄다니.

김기환과 몬스터가 어떤 관련이 있는 건 분명했다.

문제는.

'심증만 있다.'

증인이라고 해도 증거는 없으니 애매했다.

그 증인들이라고 하는 정찰조도 완벽한 뭔가를 보지는 못했으니 김기환에게 당장 압박을 넣을 수는 없었다.

그래도 나름 천정에서도 준비는 하고 있었지만 말이다.

어쨌거나, 김기환 덕분에 여러 가지로 구르고 굴렀던 천정 길드원 아닌가.

당연히 환영하듯 그들을 맞이하는 김기환을 보는 시선이 고울 수가 없었다.

“무슨 원수나 보는 태도네? 잘 버티면서 왔나? 흐흐.”

“신수가 훤해 보이는군.”

정상수의 말대로 김기환은 고생 하나 하지 않은 모습이었다.

그가 착용하고 있는 장비만 아니었더라면, 산보라도 나온 모습으로 보일 만큼 편해 보였다.

“에이, 덕분이지. 그쪽도 훤한데?”

“장난하나?”

“에이. 설마 그럴라고.”

그와 반대로 천정은 초췌한 상태인 걸 아는데도 슬쩍 놀리는 김기환이었다.

“그나저나, 우리 쪽에 자리 좀 만들어 줘? 야영지 만들려면 한참 걸릴 텐데?”

“됐다. 뭘 믿고 잠자리를 같이하나.”

“흐음…… 뭐 그럼 됐고. 잘해 보라고.”

“걱정 마라. 알아서 잘할 거다.”

애써 김기환을 무시하고 정상수가 몸을 돌린다.

힘이 없다면 모를까. 김기환은 생각 이상으로 강한 자였다. 어설프게 대했다가는 데이는 것을 이미 경험했다.

정상수도 바보는 아녔기에,

'……놈.'

분노를 집어삼키며 몸을 돌린다.

김기환도 더 건드릴 생각은 없는지 자신의 자리로 돌아가 버렸다. 그 상태 그대로 잠시의 소동이 끝나는가 싶었다.

"옆으로 이동한다. 거기서 근거지를 꾸리자."

"옙!"

자라난과 천정 모두가 목적지에 도달했다.

한쪽은 잔뜩 신이 나서. 다른 한쪽은 잔뜩 악에 받친 채로 재밌는 그림이 그려져 간다.

* * *

새벽까지도 근거지는 밤을 훤히 밝히고 있었다.

각자가 각자의 방식으로, 이번 레이드를 위해 상의하고 있을 게 뻔했다.

시간은 자연스레 흘렀고. 이른 새벽이 되었다.

“다들 준비해.”

“장비는?”

“미리 챙겼습니다. 이번에는 그거까지는 안 쓰지요?”

“보여 줘서 뭐하려고. 기본 장비들만 챙겨.”

각자가 가진 노하우들.

이를테면 자라난 길드가 가진 특수한 장비들은 꺼내들지도 않았다.

위급한 상황에서야 공간 장치에서 꺼내 들 수도 있겠지만, 당장은 서로의 시선들부터 신경을 쓰는 거다.

천정도 말은 안 해서 그렇지, 분명 그들이 가진 노하우가 있을 거다. 아마 그들도 어지간해선 꺼내 들지 않을 거다.

대신에.

“먼저 출발하네요?”

“몰아주기 하기로 했으니 그렇겠지요.”

“흐음…….”

그들은 이른 새벽부터 바로 출발을 했다.

먼저 자리를 잡았던 자라난 길드보다 먼저 출발할 정도라니. 새벽 이전부터 꽤 부산스레 준비를 한 게 분명하다.

‘잠이나 제대로 잤는지 모르겠군.’

천정의 길드원들 모두 잔뜩 독이 오른 표정으로 사냥터

를 향해 가기 시작했다.

허웅이 그 모습을 보고 몸이 달아올라 물어온다.

"우리는 안 갑니까?"

"천천히 가 보자고. 저쪽이 어떻게 준비를 했는지도 한 번 보고."

"그러다가 지면 어떻게 하려고요?"

사람들 앞이라고 용케 존대를 하면서 말을 걸어오는 허웅이다. 그래도 내용은 가시가 서 있었다.

"지겠냐. 흐흐. 우리가 고른 몬스터인데?"

"하…… 뭐…… 그렇기야 한데 말이죠."

"걱정 말라고. 천천히 해 주다가 한 방에 역전해 주면 되니까. 원래부터 그러려고 여기 골랐다고?"

"……잔인한 새끼."

"어이, 어이. 애들 본다. 그래도 명색이 길드장인데 존대해 줘야지?"

"췟. 알았습니다. 애들 마저 준비시키죠."

"그래. 그래. 잘하라고!"

짐짓 삐친 척 허웅이 움직이기 시작한다.

김기환의 시선이 그런 허웅에 머무르다, 이내 먼저 출발하고 있는 천정 길드로 향한다.

뒷모습만 보이긴 하지만 잔뜩 열을 올리면서 움직이는

게 보일 정도다.

정상수를 비롯해서, 간부들이 길드원들을 독려하는 것도 눈에 훤히 보인다.

분명 전의를 불태우고 있다.

'잘해 보라고. 그래 봤자. 이쪽이 승리지만.'

그런 그들이 가소롭다는 듯 웃음 짓는 김기환이었다.

천정은 아니라 말하겠지만, 김기환에게 이곳은 잘 차려진 밥상이었다.

왜냐고!?

* * *

스아아아악—

스악—

근거지에서 얼마 멀지 않은 사냥터. 그곳에 레이드급 몬스터 '들' 이 있다.

"발견했습니다."

"역시 많군……. 하기는 오래 방치됐으니까."

다름 아닌 그 몬스터의 정체는 이프리트.

마신이라고도 불리고. 지니 중에 하나라고도 불리고. 또 때로는 불의 정령이라 불리는 게 이프리트 아닌가.

여기서는 단지 몬스터일 뿐이지만, 굳이 이프리트라 이름이 붙여진 건 그들이 불 그 자체로 이뤄진 몬스터기 때문!

신화 속에 등장하는 이프리트와 그리 많이 다르지 않았다.

크기에 따라서 등급이 정해진 이놈들의 크기는 그야말로 각양각색.

모양도 거대한 불구름이 움직이는 듯한데 형태 자체는 각기 달랐다.

누가 이런 걸 만들었는지. 혼종 그 자체다.

스아아아악—

불의 덩어리 그 자체가 움직이는 모습은 그래도 그 나름 위압감이 있었다.

놈들을 잡으면 진귀한 재료들이 나오기는 하지만, 잡는 거 자체가 까다롭기도 까다로웠다.

불 그 자체니까!

게다가 이놈들을 자주 사냥하지 않는 이유는.

'빌어먹을 본체 때문이지…….'

하나다. 바로 본체.

램프 속 지니는 램프를 비벼서 나오지만, 현실 속 이프리트는 자신을 제물로 바치듯 일부가 죽어야만 소환된다.

일정 수 이상 이프리트를 죽이게 되면, 하나로 합하게 된다.

그렇게 등장하는 것이 이프리트의 본체라고 불리는 존재!

모습을 드러내는 본체는 정말 이야기 속 존재처럼, 거대한 모습으로 등장한다.

다른 이프리트를 모두 합한 것보다도 더!

그리고 그 강함은, 당연히 상상 이상이다.

그렇기에 이프리트는 모두가 레이드급 몬스터 '들' 이고 동시에, 사냥터 자체가 레이드용 사냥터다.

그곳에 천정 길드가 가장 먼저 발을 디디고 있었다.

자연스레 몬스터도 자라난보다 빠르게 찾은 상황!

정상수는 지체할 생각이 없었다.

"바로 투입해."

"옙!"

정상수의 명령에 천정 길드원들이 일사불란하게 움직이기 시작한다.

*　　*　　*

스아아악—!

이프리트 쪽도 천정을 발견하자마자 바로 달려들기 시작했다.

구름처럼 뭉게뭉게 피어 올렸던 몸을 순식간에 움직이며 거리를 줄인다. 중력에 구애받지 않는지, 잘도 떠올라서 달려든다.

—흐오오오!

알 수 없는 무언가의 말을 날리는 그들.

후오오옹—

손으로 보이는 것을 휙휙 휘두르는 것만으로도 불길이 일기 시작한다.

단순한 손짓으로 날린 불길치고는 위력이 대단했다!

불을 날리면서도 놈들은 동시에 몸을 날렸다. 자신들의 몸 자체가 공격이 되는 걸 아는 듯했다.

한두 마리도 아니고, 수십여 마리가 달려드는 상황.

그 자체가 불의 폭풍을 만들어내는 상황이었다.

"자리 지켜!"

"옙!"

그럼에도 천정 길드원들은 물러나지 않고 받아쳤다.

제각기 미리 준비해 온 듯한 방패를 들었다. 그리고 그 방패를 차분히 바라보던 정상수가 명령을 내린다.

"작전대로 진행해."

"물의 이능력자들. 일 조, 바로 나서라!"

고오오오—

그의 명령이 끝나자마자 기다렸다는 듯 이번에 데려온 물의 이능력자들이 나섰다.

운이철의 방식처럼 이능력들을 조합하는 방식은 아녔다. 복잡한 계산 따위도 없었다.

하지만.

스아아아악—

어떻게 만들었을지 모를 방패에 물이 스며들어 뭉친다.

이프리트가 불 그 자체로 뭉쳐 있는 몸체였다면, 방패는 물 그 자체가 되었다.

이능력이 서려 있는 물 그 자체였다!

"으아아압!"

"막아! 밀리지 마라!"

무거울 법도 하건만 탱커들은 그 거대한 방패를 들고서 잘도 수십의 이프리트를 막았다.

퍼어어어엉— 퍼엉—

부딪칠 때마다 폭음이 인다. 탱커 쪽도 이프리트 쪽도 물러나는 자가 없었다.

쉬이이익!

물과 불이 부딪치며 만들어지는 수증기가 어마어마하게 피어오른다. 일순간 아찔하니 시야가 가려질 정도다.

전투의 격렬함을 더한다.

계속해서 부딪친다.

후오오옹!

이프리트는 몸이 수증기화 되면서도, 끊임없이 자신의 손을 휘저어 불을 날려댔다.

용케 머리를 쓸 줄 아는 건지.

"위다!"

앞으로만 불을 내뿜는 게 아닌, 그 뒤를 노리기도 했다.

딜러가 있는 쪽으로 날아가는 불이 날아간다. 그 기세가 매섭기 그지없었다.

허나 그조차도.

"이 조 나선다!"

스아아악!

뒤늦게 날아온 물의 이능력자들의 물에 막혀서 사그라든다.

당황하지 않고 공격을 막아내는 천정 길드원들.

그 모습을 보고 있노라면 이들이 확실히 준비를 많이 했음을 알 수 있었다.

그들의 저력이 엿보인다.

하지만 이것만으로는 뭔가 부족했다. 밋밋하달까.

흉포한 이프리트를 상대로 잘 막아내고 있지만 딱 그 정도였다.

압도적인 뭔가가 없었다.

준비를 한 건 보이지만 이 정도만으로 뭔가를 보여줬다고 하기에는 부족함이 많아 보였다.

정상수도 그걸 알고 있는 듯. 탱커이면서도 아직까지 전투에 나서지 않은 채로 굳은 표정을 하고 있었다.

"준비는 어떻게 되어 가고 있다고 하나?"

"금방이랍니다."

"……또 금방인가."

"그래도 나서겠지요. 이 정도 상황인데."

간부의 말에 정상수가 고개를 끄덕인다. 간부의 말대로 이쯤 되는데 '그들'이 나서지 않는 것도 이상했다.

단지 저들이 시간을 끌 뿐이다.

그 사이에도 전투는 계속 이어진다. 계속되는 대치가 묘한 소강상태를 만들어내고 있었다.

정상수는 직감적으로 느꼈다.

그들이 나서기 전에 자신부터 나서야 할 때라는 걸.

그들이 원하는 것이 그것이겠지만, 이번만큼은 그 장단에 놀아줄 수밖에 없는 듯했다.

"지휘를 맡아!"

"넵!"

정상수가 전투의 선두로 쏘아져 나아간다.

*　　*　　*

쿠우웅!

거체가 뛰어내리자마자, 눈앞의 이프리트를 찍어 눌러버린다.

후오오!

괴이한 소리를 내며 짜부라지는 이프리트였다.

본체는 아니라지만 이프리트는 이프리트!

불 그 자체로 이뤄진 이프리트를 그대로 아작을 낸 주제에 뜨거움도 느껴지지 않는 듯 전방을 주시하는 정상수.

"따라와라."

뒤도 돌아보지 않은 채로 앞으로 전진을 하기 시작한다.

한 발자국에.

—흐오오오!

불길을 내뿜으며 달려드는 이프리트 둘을 아작 낸다.

하나는 압축하듯 바닥에 박아주고. 다른 하나는 옆구리를 쳐서 거대한 구멍을 내버린다.

탱커인 주제에 이미 공격력이 발군인 그의 특기를 그대로 보여 준다.

다시 한 걸음.

—후오오오!

—후오!

그를 막으려는 이프리트 둘이 몸을 합친다.

'벌써 본체가?'

일정 수 이상 죽어버리면 본체가 소환되지 않는가. 아직 때가 아닌데, 벌써부터 합체가 일어나다니?

이 부분에선 정상수도 당황할 수밖에 없었다.

—흐오오오오!

좀 더 거대해진 이프리트.

하나에서 둘이 합쳐졌다 해도 정상수 정도 되면 쉽게 막을 수 있다. 문제는 다음.

'속임수인가. 그도 아니면…….'

뒤이어서 다른 이프리트들도 합체를 하느냐가 중요했다. 허나 다행이라 해야 할까.

"변종이군."

—흐오!

너무도 이르게 합체를 한 이프리트는 변종일 따름이었다.

물론 보통의 존재는 아니었다.

온도에 관계없이 붉은색의 불꽃, 홍염을 피워내는 다른 이프리트들과 다르게 이것은 파란색의 청염을 뿜어냈다.

—흐오오오!

자신의 몸에 만족하는 듯 아주 기세등등했다.

'온도가 더 높아진다 이거냐.'

허나 그를 상대하는 정상수로서는 우스울 따름.

애당초 하나나, 둘이나 무슨 차이란 말인가. 한 방이면 그대로 짜부라져 버릴 존재 아닌가.

그게 설사 변종이라고 해도,

'처리하면 될 뿐.'

그의 거대한 중병기로 부숴버리면 될 뿐이었다.

고오오—

이능력을 불러일으킨다. 그에 호응하듯 그의 병기가 바로 빛을 내기 시작한다.

변종 이프리트가 그에게로 다가든다.

비대해진 양손을 휘두르면서!

푸른색의 불꽃이 정상수를 향해서 쏟아진다. 허나 그뿐.

"흐아아압!"

준비가 다 된 그는 몸으로 이프리트의 청염을 견뎌내며, 거대한 중병기를 아래에서 위로 휘두른다.

후오오옹—

빠른 속도. 거대한 굉음. 중병기에 빨려들어 가는 청염.

휘몰아치는 그의 매서운 공격에 변종이 허우적댄다.

보통의 이프리트보다는 분명 강하겠지만, 홀로 정상수를 상대하기에는 확실히 역부족으로 보였다.

'제법…….'

저항이 거세기는 하지만 거기까지일 뿐이었다.

—후오오오!

한 방 맞은 것만으로도 이미 그 힘의 반이 소진된 듯, 이프리트의 덩치는 묘하게 작아져 있었다.

'이대로 마무리.'

한 방을 더 날려서 죽이려는 그 순간.

쓰아아아악!

정상수의 감각에 뭔가 걸리는 게 있었다. 탱커로 단련된 그이기에 공격에 대한 감각만은 뛰어났다.

뒤에서부터 무언가가 날아든다.

* * *

아군이 있을 자리인데. 대체 무엇이 날아든단 말인가.

이대로 변종을 처리하고 앞으로 나아가면 될 뿐인데도,

날아드는 공격이라니.

한 걸음. 한 걸음씩 나아가며, 진형을 새로 구축해가고 있는 정상수로서는, 도움이 되기는커녕 방해가 되는 뭔가였다.

공격? 아니면 김기환의 놀림?

'대체 무슨…….'

그가 슬쩍 뒤를 보자 보이는 것은.

뭉쳐진 채로 날아들고 있는 거대한 물. 포탄과 같이 빠른 속도로 던져지고 있는 물이었다.

그것도 한둘이 아닌 여럿.

누가 봐도 꽤 많은 힘을 사용해 날려댄 힘이었다.

이프리트에 작렬하면 제대로 타격을 줄 것이 당연한 힘!

하지만 문제는.

'나를 노렸군.'

정상수를 노렸다는 것이었다.

아니 정확히는 정상수가 당하든 말든 상관치 않고 날렸다는 게 중요했다.

불도 아니고 물이다. 김기환일 리는 없다. 그리고 이런 식으로 공격을 하는 자는 정상수도 아는 자였다.

'젠장. 이런 식으로 나오나.'

그가 아군이라고 불러들인 자.

레이드를 시작하기 이전부터 꽤 많은 보수를 주고서 제니스에서 데려온 상준석의 공격이 분명하다.

제니스 시절부터 자신을 마음에 안 들어 하는 것을 알고야 있었다지만, 이런 식으로 나올 줄이야.

역시 완전한 아군이라고 하기에는 부족한 자였다.

피할 겨를도 없다. 이래서야 막아야 했다.

'젠장할. 여기나 저기나 다들 적 천지군.'

막을 수 없는 건 아니지만, 쓴웃음이 흘러나온다.

가장 중요한 순간에 이렇게 공격이 들어올 줄이야. 이래서야 아군이라고 할 수 있겠나.

차라리 대놓고 욕은 날려도, 완전히 적으로서 행세하는 김기환이 훨씬 낫게 느껴질 정도다.

그가 쓴웃음을 날리는 사이에도.

콰아아아앙! 콰아아앙! 콰앙!

쏘아낸 물들이 그를 포함해서 이프리트들에게로 작렬한다.

미사일이라도 날린 듯 폭음이 계속해서 인다.

—후오오오!

손을 휘두르며 막아내려고 하는 변종 이프리트. 그 주변에 있던 이프리트들도 공격을 막으려 합세한다.

그 한가운데에 들어가 있는 게 정상수!

정상수도, 이프리트도 공격을 막으려고 하는 묘한 구도가 그려진다.

* * *

세상에서 제일 재밌는 구경이 불구경 아니면 싸움 구경이라고 했나.

'내가 보기엔 싸움 구경이 최고네.'

불은 불타면 끝이지만, 헌터들과 몬스터의 대결은 별의별 것이 다 나왔다.

여기저기 터지고, 불타오르고, 물이 쏟아지고. 때론 번개도 치고. 아주 난장판도 이런 난장판이 또 없었다.

그 광경을 자라난 길드가 가만 지켜보고 있었다.

뒤늦게 출발을 해서 도착했음에도, 자라난 길드의 사람들 중 불안해하는 자는 아무도 없었다.

모두 알기 때문이리라.

'어차피 잡을 이프리트는 많아.'

이 넓은 사냥터에 몇몇의 이프리트들쯤 쥐어 터졌다고 해서, 내기에 질 리가 없다.

거기다 가장 큰 건 역시 보스.

제대로 된 본체가 소환됐을 때 얼마나 잘하느냐가 중요

했다. 그러니 이쪽도 이리 여유를 부리고 있는 거다.

눈앞에 보이는 싸움 구경이 워낙 재밌기도 했다.

가만 지켜보는 것만으로도, 괜히 불타오르는 느낌이 들 정도였다.

특히 정상수에게로 물의 이능력이 쏘아졌을 때가 가장 큰 백미였다!

어마어마한 물의 이능력들이 작렬하는 그 상황이란!

거기다 그 가운데에 적의 수장이라 할 수 있는 정상수가 있으니, 아주 우스울 노릇 아닌가.

"재밌네요, 저쪽도. 단합이 안 돼 있어요."

"내분이 있을지도 모르죠. 그도 아니면 역시 지원군이라고 불러온 자가 별로거나요."

"또 불러온다고 하지 않았어요?"

"그랬죠. 후후."

천정. 그들이야 아주 비밀스럽게 일을 추진한다고 하고 있을 거다.

문제는 운이철의 손바닥 안이라는 것.

'알아낼 곳이야 많지.'

그들이 그들 나름 정보망을 갖춰 왔듯이, 김기환의 자라난 길드도 나름의 정보망을 갖춰 왔다.

이제는 그 정보망이 나름 제 몫을 하고 있는 상황.

그렇기에 천정 길드에서 지원군을 추가적으로 부른다거나.

"오오. 저 양반이 심훈안? 맞죠?"

"최상급이죠. 에너지 흡수 후 방출. 간단한 방식인데, 꽤 강하죠."

"장난 아니긴 하네요."

그들이 불러온 자들의 인원 몇몇 정도는 뒤늦게나마 파악을 해냈다.

지금 당장.

후아아아아앙—

이프리트들이 뿜어내는 불길을 흡수해 내고.

"하아압!"

괴성을 내질러대면서, 다시 그 불길을 집중적으로 방출해 내는 심훈안만 하더라도 그들이 알아낸 정보에 포함된 자였다.

그의 이능력은 운이철의 말대로 흡수 후 방출.

상대의 에너지를 자신의 한계치만큼 흡수를 한 채로 그대로 방출한다. 웃긴 건.

"근데 불이 이프리트한테 먹히네요? 똑같은 에너지를 흡수했을 뿐인데?"

"그러니 최상급이겠죠. 흡수하고 자신의 이능력을 섞은

걸 겁니다."

"흐음…… 섞는다라."

이프리트의 불을 흡수해서 그대로 날리는데도 이프리트한테 공격으로 먹혀들어 간다는 것.

게다가 똑같은 에너지를 흡수 후 방출했을 따름인데.

—후오오오.

이프리트들이 꽤나 고통스러워한다는 거였다.

단순히 에너지를 흡수 후 배출하는 게 아니라 마치 에너지가 수배로 증가하기라도 한 듯 보였다.

덕분에 순식간에 많은 수의 이프리트가 쓸려들어 간다.

'신기한데…….'

그걸 가만 바라보는 김기환으로서는 꽤 재미있는 생각이 들 지경.

'건전지에 이어서 증폭기인가.'

자신이 날린 불길을 심훈안이 흡수해 내고, 그걸 재방출해 낸다면?

그리고 김기환이 다시 흡수를 해 낸다면 꽤나 재미있는 그림이 그려지지 않을까?

안 그래도 옹을 이용해서 불의 양을 차곡차곡 늘리고 있던 김기환으로서는 꽤나 흥미로운 부분이었다.

어차피 심훈안을 적으로 만난 상황. 가능만 하다면.

'언제금 실험 한번 해봐야겠어.'

이프리트를 상대로 날뛰고, 불을 쏴대고 있는 심훈안을 상대로 어디까지 힘을 증폭시킬 수 있을지를 실험하고픈 김기환이었다.

방출하고, 흡수하고, 내뱉고. 그걸 다시 흡수해서 내뱉으면.

'무한 동력이 되는 건가…….'

웬 미친 생각인가 싶지만, 꽤 그럴듯해 보였다.

허나 그건 나중으로 미뤄 둬도 될 일!

지금 당장 중요한 것은.

"준비 다 됐습니다. 슬슬 달아오르기도 했고."

출전.

"그래? 흐흐. 그럼 바로 시작해 볼까!"

김기환이 가장 앞 열에 선다. 그를 중심으로 탱커들이 따라붙는다.

탱커도 아닌 김기환이 앞에 서지만 불안해하는 자는 아무도 없었다. 오히려 든든한 듯 더욱 전의를 불태울 뿐이었다!

그 상태 그대로 목청껏 소리를 지른다.

"간다! 어디 한 방에 소환해 보자고!"

기세 좋게!

"우와아아악!"

자라난 길드의 모두가 출발한다.

이프리트를 향해서.

—후오오옹!

그를 맞이하는 이프리트들.

넓디넓은 사냥터에서 천정만을 바라보고 있던 이프리트들이 자라난 길드를 향해서 쏘아져 나가는 것도 순식간이었다.

빠르게 전장의 열기가 뜨거워지고 있었다. 더욱 불타오른다.

'크게 한 방 가볼까.'

그 중심에 김기환이 있었다.

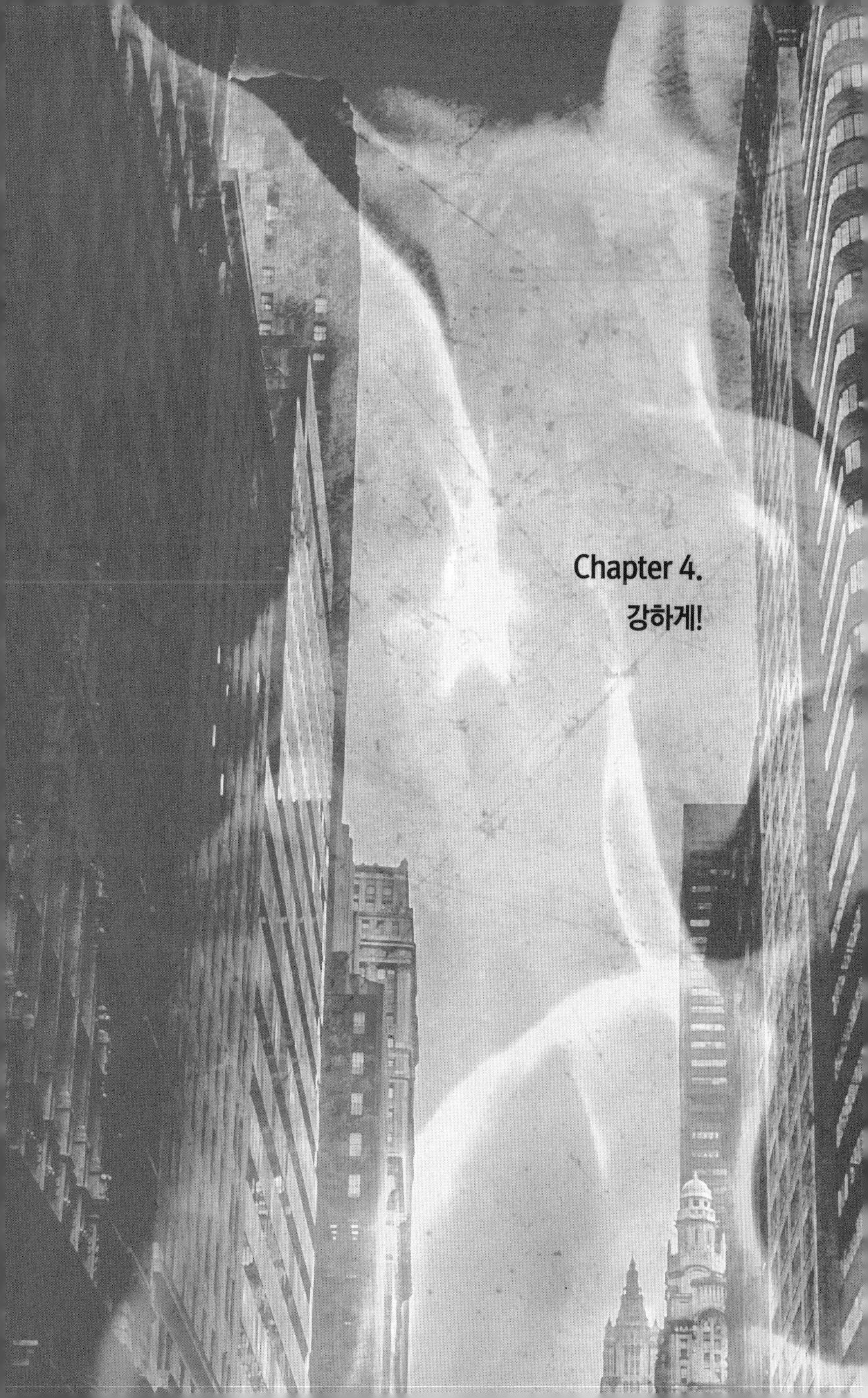

Chapter 4.
강하게!

기세는 저쪽이 가지고 있다.

적이지만 정상수, 꽤 멋지게 해내고 있지 않나?

그런 정상수를 고꾸라트려야 하는 나로서는 그보다 강렬한 한 방을 보여줄 필요성이 있었다.

뭐, 물론 그에게 밀리기 싫은 마음도 조금은 있다. 아주 조금.

그러니.

'제대로 보여 주자.'

새로운 컨트롤 방식을 한번 보여줘 보자고.

화아아아아악—

나의 온몸에서 불이 퍼져 나간다. 보지 않음에도 느껴진다.

거대해진 불 그 자체로.

"오……."

"저기!"

시선을 끌고 있었다.

평소라면 그 시선에 호응이라도 해 주겠지만, 지금은 그럴 여유도 없었다.

이 새로운 방식은, 꽤나 정신을 집중해야 하기 때문.

'부풀어 올라라.'

안 그래도 크게 퍼졌던 불들이 더욱 크게 부푼다.

내 몸에서 떨어져 나가고도 계속해서, 더!

불로 만들어진 구름들이 만들어진다. 저 하늘 위로!

—후오오오오오!

—후오!

어마어마한 힘이 위로 올라가서일까.

전투에 여념이 없던 이프리트, 우리에게 달려들기 시작하던 이프리트들도 저 하늘 위의 불구름을 하염없이 바라본다.

눈이 없는 그들이 휘황찬란하게 불타오르는 불구름을 보고 있지는 않겠지.

아마도 불정령인 그들로서는 힘을 직접적으로 느끼고 있는 걸 거다.

그래도.

—후오오!

두려워하는 이프리트들은 없었다. 되레 가소롭다는 듯 웃는 느낌이었다.

불의 정령이나 다름없는 자신들에게 이만한 불을 소환해서 뭣하냐는 느낌.

일부 이프리트는 물 만난 고기처럼 내가 소환해낸 불구름을 향해서 날아가려는 기색도 있을 정도였다.

즐기는 느낌은 불의 정령다웠다.

허나.

'보통의 불이었다면 그리됐겠지.'

저 불은 나의 것. 나의 권속 하에 있는 것 아닌가.

크게 부풀릴 대로 부풀려진 불구름을 바라보며 만족스러운 표정을 지었다.

"내려라."

손을 위에서 아래로 내리그었다.

이변이 일어나기 시작한다.

"이 미친……."

"허?!"

가장 먼저 놀라는 건 길드원들. 천정 길드의 길드원조차 도 놀라는 눈을 하는 것이 보인다.

*　　*　　*

불의 비가 내리기 시작한다.

불구름에서 떨어져나간 조각들이 계속해서 땅을 향해 쏟아져 나아간다.

불구름이 줄어들면 줄어드는 만큼 어마어마한 수의 구름들이 아래로 쏟아지고 있었다.

“무슨 짓을 한 거야!?”

“저게 먹히기는 하는 겁니까?”

마치 특종을 찾은 기자라도 되는 듯, 다급한 상황에서 놀란 눈을 하고 묻는 허웅이나 길드원들의 말에 답할 겨를도 없었다.

“……후읍.”

이쪽으로서는 굉장히 집중을 하고 있는 상황이었으니까.

불구름이 모두 사라질 때까지 불의 비가 계속해서 떨어져내려 간다.

—후오오오!

—후오!

이프리트들은 그런 불을 굳이 피하지 않았다.

모든 병마를 치료해 주는 성수라도 되는 듯 받아들일 뿐이었다. 너무도 기꺼이.

'같은 불이라는 건가.'

안일한 것들. 방심도 정도껏 해야지. 우습지도 않다.

그래도 덕분에.

불쑥. 불쑥.

놈들의 몸이 비대해지기 시작했다. 불을 흡수한 만큼 커져갔다. 가장 많은 불을 흡수한 녀석이 가장 커졌음은 당연한 이야기였다.

개중에는 변종들도 몇 마리 섞여 있었는데, 변종인 덕분인지 다른 것들보다 훨씬 더 커지는 놈들도 몇 있었다.

불의 비를 맞아서 커지는 몬스터들이라니!

완전 재앙이나 다름없는 장면이지 않는가?

"후후……."

나야 이후의 상황을 알기에.

—후오오오!

기세등등해져서는 덤벼들려는 기색을 보이기 시작하는 이프리트들이 가소롭지도 않은 상황.

버프라도 받은 듯 달려드는 이프리트들을 보며, 허웅이 자신의 손에 쥐어진 방패를 곧추세운다.

그러곤 불안한 표정으로 물어 온다.

바로 앞에서 막아야 하는 탱커 아닌가. 안 그래도 이프리트 자체가 쉽기만 한 몬스터는 아니었다.

더구나 불을 흡수해 몸집이 커진 상태에서 막아야 하니 그가 불안해하는 것도 이해는 갔다.

"야야. 저거 괜찮냐?"

"아무렴. 안 괜찮을 리가."

"그럼 어떻게 좀 해 봐!"

오죽하면 다그칠까.

다들 허웅처럼 말은 안 해도, 탱커들은 불안한 기색이 역력했다.

저기 먼 곳에 있는 천정 길드에서는.

"미친 새끼가!"

"시바아아아알!"

괴성까지 내지르면서 당황하는 놈들도 보일 정도다.

우리가 아주 위태위태해 보이는 거겠지.

천정 내부에 내분이 있든 없든 간에 자기들은 잘해 나가고 있는 거고, 우리 자라난 길드는 아주 커다란 실수를 했다고 생각하고 있을 거다.

원래 사람이란 게 그런 거 아닌가. 제가 하면 로맨스고, 남이 하면 불륜인 심리가 아주 다분한 게 사람이다.

'우습지도 않은 것들.'

내가 아무리 미쳤어도, 몬스터들을 위한 일을 벌일까.

그것도 불로 만들어진 이프리트를 상대로?

"흐흐…… 놀아 볼까. 따라만 와라."

—후오오오!

가장 먼저 전열에 달려오는 이프리트에게 손짓을 했다.

그대로.

따악—

손가락을 튕기자마자.

퍼어어엉!

—끄오오오오!

이프리트의 몸에서 폭발이 일어난다.

그게 시작이었다.

*　　*　　*

한 마리의 이프리트가 그대로 즉사한다.

이프리트의 몸을 구성하고 있던 불이 흩어졌다.

몸을 구성하고 있는 모든 화염들이 조각조각 나서 흩어지는데도 살아남을 이프리트는 없다.

공중에 비산하는 화마(火魔)!

그들을 구성하고 있던 화염의 조각들!

이대로라면 그들을 타오르게 할 제물이 없기에 그대로 공중에서 사그라들어야만 했다.

하지만 한때는 이프리트를 구성하던, 또한 홀로 불타오르던 불은 다시 자연으로 사라질 수가 없었다.

"어딜 그냥 가나. 들어와라."

화아아아악—

공중에서 불타오르는 화염. 갈피를 못 잡던 화염들이 그대로 내게로 쏟아져 온다.

스으—

몸에 자연스레 안착하기 시작하는 화염들.

'좋아.'

느껴지는 포만감. 따라오는 만족감.

줄었던 힘이 차오르는 그 아찔한 기분은 황홀할 정도였다.

고작해야 한 마리를 부쉈을 따름인데도. 과연 불의 정령이라 할 만한 포만감이었다.

그리고 그런 이프리트들은 눈앞에 잔뜩 깔려 있었다.

아주 많이.

—후오오오!

—후오!

폭발을 보며 느꼈을까. 아니면 포식자가 피식자를 바라보는 눈에 질려버렸을까.

뭔가 이상함을 느낀 이프리트들이 단체로 혼란스러워하기 시작한다.

자신의 몸에 흡수했던 화염을 어떻게든 다시 밖으로 내뿜으려는 듯 몸을 부르르 떠는 이프리트도 있을 정도였다.

그래 봐야.

"터져라."

퍼어어어엉—!

말 한 마디면 사라질 허무한 저항일 뿐이었다.

그대로 이프리트의 몸체 하나가 또 사라진다. 상체가 그대로 뻥 뚫려버렸다.

—후오?

상체가 뻥 뚫린 이프리트가 자신의 몸이 이상하다는 것을 느끼기도 전에.

스아아아아—

남은 화염들이 흩어지기 시작한다.

화염으로 구성된 몸을 유지할 힘이 없는 거다.

그 화염들은 다시 내게로 온다. 계속해서.

따악—

연이어서 손가락을 튕겼다.

퍼어엉—! 펑! 퍼엉!

계속해서 터져 가는 이프리트들.

정상수가 한 발을 내딛을 때마다, 이프리트가 곤죽이 되었다면.

지금은 나의 손가락 튕김 하나에 이프리트의 존재가 명멸(明滅)되어 간다. 사그라진다.

"미, 미친……."

"이게 무슨 전투야."

같은 자라난 길드원들도 놀랄 만한 전투. 아니 학살.

그들 모두가 질린 표정을 한다.

내가 본격적으로 내 능력에 대해서 알려주지는 않았어도, 길드원들 모두 내 능력이 화염에 관련되어 있음을 눈치 챈 지는 오래일 거다.

바보는 아니니까.

그렇기에 내가 이곳 이프리트를 잡으러 간다고 말했을 때도, 어떻게든 내가 활약할 것을 예상했을 거다.

나란 놈은 불 속성을 가진 주제에.

'불에 더 강하니까.'

강한 불로 약한 불을 잡듯 불 속성의 몬스터마저도 불태우는 존재였으니까.

허나 이렇게 본격적으로 이프리트를 학살할 수 있을 줄

은 상상도 못 했겠지.

폭탄마.

우연찮게 얻은 그의 능력 덕분.

덕분에 길어질 수 있는 이프리트의 사냥이 아주 손쉬워지고 있다.

따악— 따악— 딱!

—후오오오오!

퍼엉!

시답잖은 장난감을 상대하듯 이프리트들을 부수기 시작한다.

그들의 남은 존재. 흔적. 화염마저도 모두 내게로 흡수되기를 한참이다.

폭발하고 들어오고. 다시금 내 힘이 되고. 그 순환의 고리가 너무도 만족스러웠다.

'재밌군.'

*　　*　　*

느껴지는 포만감에 이 상황을 한창 즐기고 있을 때.

옆에서 나를 가만 지켜보던 그의 목소리가 들려온다. 허웅은 아니다. 운이철의 목소리였다.

"전주곡은 이 정도면 충분하지 않겠습니까?"

"전주곡이라……."

"슬슬 본체를 부르는 것도 재밌지 않겠습니까?"

"흐음……."

한 번에 대폭발을 일으키자는 건가.

하기는 그쪽도 재밌을지도 몰랐다.

그리하면 이프리트의 본체. 지금까지 달려온 목표를 한 번에 꺼내어 들 수도 있을 테니까.

하지만 그리해서야.

'저쪽이 너무 쉽게 나오는데.'

한참 천정을 고생시킨 의미가 없지 않겠는가.

며칠을 두고 이프리트를 상대해 가면서 본체를 꺼내게 하는 게 저쪽 천정에게 더 힘든 일이 될 터다.

얼핏 봐도.

"허……."

"……미친."

당장 놀라고 있는 천정을 몇 번이고 더 괴롭혀 주고 싶을 정도다. 며칠이든 간에. 계속해서.

바로 이프리트 본체를 소환할 수 있다고 해도 계속!

악동의 심리가 아닌가 싶다.

해서.

"그쪽보다는 저쪽을 괴롭히는 게 더 재미있을 거 같지 않습니까? 어차피 경쟁이기도 하고요."

"흐음……."

전주곡은 이만하라는 운이철의 말보다는 며칠이고 시간을 끌면서 천정을 처리하려고 했는데.

"어?"

어마어마한 힘의 유동이 느껴졌다.

이쪽은 아녔다. 그렇다고 이프리트 쪽도 아니었다. 내 불의 비를 성수처럼 마냥 흡수했던 이프리트들은 꺼낼 힘도 없었다.

힘의 유동이 있던 곳은 의외의 곳.

"저기 저거, 돈 거 아닙니까?"

"……흠. 생각지 못한 방식인데요?"

바로 천정.

계속해서 기세에서 밀리고 있던 그들. 여러 가지로 당하기만 하던 그들이 본격적으로 미친 짓을 벌이고 있었다.

아주 제대로 미친 짓을!

*　　*　　*

새끼들. 질 수 없다 이거냐.

어마어마한 물들이 생성된다. 포탄과 같이 쏘아졌던 물들이 시도 때도 없이 생성되기 시작한다.

물포탄들이다!

이것들이 작렬하면 분명, 천하의 이프리트들이라고 하더라도 꽤 타격을 받을 게 분명하다.

—후오오오

—후오!

덕분인지 이프리트들도 잔뜩 긴장한 기색이다.

앞에서는 내 불구름에 당해서 몸 안에 폭탄을 장착하고 있는 놈들.

그 가운데에서 저 물포탄까지 맞게 되면 아주 아작이 날 게 분명하다.

그런데 웃긴 건.

"자기편에게 날려?"

놈들의 물포탄은 바로 이프리트에게로 쏘아지지 않았다.

대신 심훈안에게로 쏘아졌다.

그의 몸보다도 몇 배는 더 큰 물포탄들이 잘도 그에게로 쏟아진다.

"우와아아악!"

그가 고통스러운 듯 비명을 지르면서도 물을 받아들이기

를 한참.

'용량이 꽤 되나 본데.'

그 많고 많은 힘들을 잔뜩 흡수해 낸 그.

평범한 몸이었는데, 부풀어 오르기 시작한다.

계속해서 쭉. 온몸이 부풀어 오른 것이 터지지 않을까 싶을 때쯤. 물포탄들의 세례가 끝이 났다.

모두가 그를 주목한다.

이프리트. 천정. 자라난. 그 모든 사람들이 그를 바라본다.

그 순간을 기다렸다는 듯.

"하앗!"

그가 양손으로 무언가를 쏘아내기 시작한다.

푸화아아악—!

물이었다.

그것도 그의 이능력이 섞여들어 갔을 것이 뻔한 이능력의 물들.

우리 자라난 길드가 각자의 이능력의 상성을 이용해 조합을 한다면, 저건 이능력 그 자체를 섞어서 만든 새로운 것.

흡수 후 배출하는 심훈안의 능력 특성상, 한 가지는 확실했다.

후아아아악!

—후오오!

눈앞에 보이는 이프리트들을 아예 쓸어버릴 위력을 가지고 있다는 것!

샤아아아악. 샤악.

이건 아예 폭음이 일지도 않았다. 그가 양손으로 쏘아낸 물은 소화기라도 되는 듯 가장 처음 맞은 이프리트들의 불을 꺼버렸다.

하나, 둘, ……열이 넘어 수십.

어느새 수많은 이프리트들이 삭아들듯 녹아버린다.

그래도 그의 공격이 무한하기만 했던 것은 아니다.

—후오오오!

—후오!

개중에 덩치가 큰 이프리트들이 나서기 시작했다.

놈들이 모여서 방벽 같은 것을 형성하자, 심훈안의 이능력을 곧잘 막아내기 시작했다.

스아악—

순간적으로 불길이 꺼져 버리는 이프리트들도 있었지만, 분명 버텨냈다.

꽤 많은 타격을 입었을지라도.

—후오오오오!

이프리트들은 어떻게든 살아남았다.

그래도 굉장한 위력인 건 맞았다. 눈앞에 있던 이프리트들의 거의 반수가 사라졌다.

이프리트의 사냥터.

그 자체가 레이드 존이나 마찬가지인데, 그 사냥터가 확 하고 비어버렸다.

여길 누가 이프리트 레이드 존이라 할까.

차라리 재해나 다름없는 홍수가 지나간 곳이라고 하는 게 더 믿음직스러울 정도였다.

하기는 아무리 이프리트들이라고 하더라도 자신들에게 치명적인 불구름에, 물을 뿜어내는 소방수 같은 새끼까지 있는데 그걸 버티는 건 무리일 거다.

엄청난 광경이 만들어졌다.

'잡은 건 좋은데.'

그런데 아무리 봐도.

"저 새끼들. 노린 거 같죠?"

"확실히 그럴 겁니다."

어째 내 불비를 맞고 내 불의 이능력을 흡수한 이프리트들이 꽤나 중점적으로 당한 거 같다.

'새끼들. 여전히 얍삽하네.'

지금 놈들이 벌인 미친 짓.

이프리트 놈들의 몸에 흡수되어 있을 내 불의 이능력을 끄려고 한 게 분명하다.

아마 이프리트에게 흡수돼 있을 내 불의 이능력을 없애 버리면, 어떻게든 내게 타격이 갈 거라고 생각했을 게 분명하다.

쉽게 말해 이프리트들을 공격하는 척해 놓고서는, 내게도 타격을 주려고 한 게 뻔하다 이 말이다.

그래 봤자.

"착각도 자유죠."

"후후. 그것도 그렇습니다. 타격이 갈 리가요."

놈들의 생각과는 다르게 이쪽이 타격을 받을 일은 전혀 없었다.

또한.

'올라와라!'

심훈안이 날린 물줄기로 잠시 사그라든 듯 보이는 나의 불들도 아직 사그라들지 않았다.

화아아악—

내가 의지를 세우는 그 순간을 기다렸다는 듯이, 다시 불타오르기 시작했다.

그리고 그 모든 불들. 타고 남아 재만 남아야 함에도 스스로 불타는 그 불들 모두는.

'돌아와.'

나의 의지에 따라 한곳으로 모여들기 시작했다.

바로 나에게로.

놈들은 이프리트를 잡는 척 내게 타격을 주려고 했을지 모르겠지만, 고작해야 나의 불이 저 정도에 당할 리가 있겠는가.

생각은 좋았지만, 거기까지다.

어쭙잖은 수에 당할 만큼 나의 불이 약하지도, 그동안 내가 쌓은 경험이 얕지도 않았다.

후아아아악—

후악—

나의 불들은 내게 그냥 쏘아져 오는 게 아니었다.

다시 내 몸에 들어오면서도, 눈앞에 걸리는 것들. 이프리트들에게 타격을 주면서 들어 왔다.

어떤 불길은 이프리트의 팔을 그대로 관통하면서 돌아왔다.

또 어떤 불들은 몸통 그 자체를 관통했다. 조금 더 힘이 남는 것들은.

콰아아아앙—!

이프리트에 안착해서 폭발.

어마어마한 폭음을 만들어냄과 동시에, 이프리트에게 죽

음을 안겨줬다. 그러면서 남은 불길들은 다시 내게로 달려들었다.

흡수되기 위해서!

하늘에서 쏘아지는 유성우처럼, 불들이 스스로 움직이면서 내게 흡수되고 힘이 되어가고 있었다.

그 불의 유성우를 만들어내기 위한 제물은 단지 이프리트들뿐.

천정처럼 얍삽하게 몬스터를 공격한다는 핑계로, 같은 헌터들에게 타격을 주는 쪼잔한 짓 따위는 하지도 않았다.

단지 몬스터들을 학살할 뿐.

* * *

그것만으로도 저들에게는 충분히 놀랄 만한 광경인 듯했다.

특히 심훈안의 경우에는 안 그래도 한바탕 물줄기를 쏘아내고 지친 와중에서도, 놀란 표정을 감출 줄을 몰랐다.

"……헛."

"저게 대체……."

천정 길드 입장에서는 처음 김기환이 만들었던 불구름만 하더라도 어마어마한 광경이었다.

덕분에 위기감이 들었었다.

'이대로는 밀린다.'

'질 거다.'

라는 여러 생각들이 들기 시작했다.

처음 이곳에 나설 때만 해도, 아니 정확히는 정상수와 내분을 벌일 때까지만 하더라도 여유가 넘쳤다.

어차피 자라난 길드와의 대결은 자신들이 이긴 승부라 생각하는 게 팽배했다.

김기환이 무슨 짓을 했는지는 몰라도, 몬스터들이 쉼 없이 덤벼들기는 했지만 그쯤이야, 라고 생각했다.

많이 지치고 힘들기는 했어도, 전체 전력은 천정이 위라 생각했다.

그들에게는 제니스를 통해서 온 지원군이 있었으니까. 또한 앞으로도 더 많은 제니스의 지원이 있을 테니, 무조건 이길 거라 봤다.

며칠만 더 시간을 보내고, 제니스의 지원이 마저 다 도착하면 압승을 할 거라 봤다.

그런데 불구름을 보는 순간 그 생각이 일차적으로 깨졌다.

그렇기에 다급하니 능력을 썼다.

"그걸 써!"

"본체가 소환되면 쓰려고 한 거 아닙니까?"

"어차피 본체는 소환되는 데 시간이 꽤 걸릴 거다. 아직 시간이 있으니까 한 방 정도는 날릴 수 있잖아?"

"알겠습니다. 바로 전하죠."

이프리트 본체를 잡겠답시고 미리 준비했던 비장의 수 중 하나를 썼다.

그 거대했던 물줄기.

상급 이상의 물의 이능력자와 심훈안의 특수한 이능력을 활용한 그것은 천정이 이번 레이드를 위해 준비한 가장 큰 수 중 하나였다.

효과는 굉장했다.

"역시!"

"됐다! 됐다고!"

물줄기를 날려서 소방수가 불을 끄듯 이프리트들의 불을 꺼트렸다.

덤으로 김기환의 불도 꺼트릴 줄 알았다.

그런데 그게 아닐 줄이야. 사그라들었던 불이 다시 살아났다.

거기다 그런 짓을 한 김기환이란 놈이 지치는 모습도 보이지 않을 줄을 누가 알았을까!

모든 게 계산과 달랐다.

'잘해야 상급…… 아니면 최상급 초입이라고 계산하지 않았나…… 하.'

천정에서, 아니 제니스의 전략실이라고 하는 곳에서 김기환의 전력이랍시고 분석한 게 다 틀렸다.

불구름을 내리고, 땅 아래에 불로 된 유성우를 만들어 낸 김기환은 누가 봐도 이미 최상의 헌터였다.

아니 어쩌면 그 이상의 헌터였다.

힘이 얼마인지 가늠도 되지 않았다. 천하의 제니스 길드장이라고 하더라도 이 정도 일을 벌이면 지친 모습이라도 보일 텐데.

김기환은 그런 것도 없었다.

"여어!"

그저 악동처럼 웃어 보일 뿐.

"……젠장."

이쯤 되면 정상수로서도 인정할 수밖에 없을지도 몰랐다.

적어도 무력으로는 김기환에게는 안 된다는 것을. 정면 대결로는 승산이 없을지도 모른다는 걸 인정해야 했다.

무력적인 대결로는 꽤 힘들지도 몰랐다.

'……잘못 왔을지도 모르겠군.'

뭐 그래도 당장 정상수로서는 패배를 인정한 것은 아니었다.

한 사람의 무력만으로 모든 것이 다 되는 세상은 아니었으니까.

김기환이 아무리 강하다고 하더라도, 그 밑의 자라난 길드원들이 모두 그만큼 강한 것은 아녔으니까.

그러니 아직 패배는 아니었다.

정면 대결이 아니라고 하더라도, 여러 가지로 수를 쓰면 됐다.

그도 아니면 이참에 저기 저 위에서 한창 놀라고 있을 심훈안을 이용해서 제니스 길드를 끌어들이면 됐다.

이번 사태에 더욱 깊게 끼어들게 하면 됐다.

자라난 그 자체에 경각심을 가지게 하면 됐다. 그뿐이었다.

'오늘은…… 이만 해야 하나.'

이번 대결. 어쩌면 질지도 모르겠다는 생각을 하면서.

"슬슬……."

길드원들을 뒤로 물리려던 정상수.

당장 계산이 안 서니, 제니스의 지원군이라도 올 때까지 시간을 끌 생각으로 후퇴 명령을 내리려고 하는 그 순간.

—후오오오오!

—후오오오!

이프리트들이 괴음을 내기 시작했다.

어떠한 형태. 규칙적이면서도 불규칙스런 묘한 형태를 보이면서 돌고 또 돌기 시작했다.

"……젠장. 전열을 재정비해라."

다른 사람은 모르겠지만, 이프리트를 잡으러 왔던 정상수다.

지금 광경이 무얼 뜻하는지를 모를 리가 없었다.

이프리트들이 악에 받친 거 같았다.

아직 본체가 소환되려면 한참이 더 남았을 거라 여겼는데, 생각보다 빠르게 소환의 순간이 다가와 버렸다.

아주 빠르게!

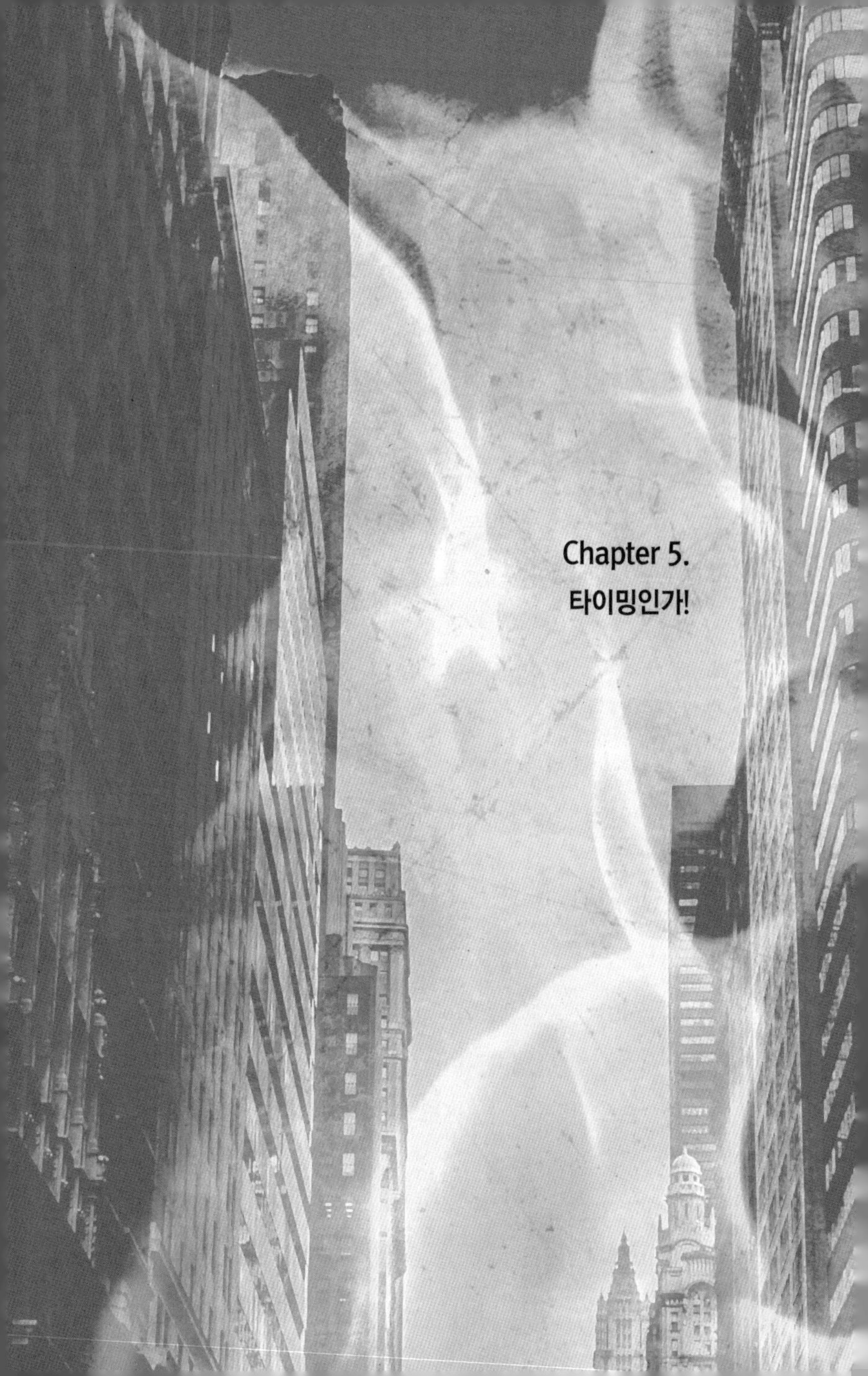

Chapter 5.
타이밍인가!

고오오오오—

어마어마한 열기를 뿜어낸다. 지금까지 이프리트들이 보였던 것과는 차원이 다른 열기였다.

순식간에 수백씩 썰려나간 이프리트가 본체를 소환하기 시작한 거다.

계속해서 작은 이프리트들이 모여든다. 본래부터 한 몸이라도 되었다는 듯 합쳐지기 시작한다.

두 마리, 세 마리씩 합쳐지기 시작하면서 이루기 시작하는 크기는 상당했다.

두 마리를 합친다고 딱 두 배만큼 커지는 건 아니었지만,

그것으로도 충분했다.

압착이 되어 가면서 점차 커져 가는 게 더 위압감이 컸다.

'너무 빠른데.'

확실히 예상보다 빠른 상황이었다.

전주곡을 끝낸다고는 했어도, 몇은 더 죽여야 본체가 소환될 거라고 봤다.

그런데 당장 합쳐지고 있다. 지금은 너무 이르다.

'일 났군.'

본체가 될 이프리트들.

하나로 합해지는 이프리트들의 숫자는 적으면 적을수록 좋았다.

어쨌거나 제물이 되어야 하는 이프리트들의 숫자가 적어야 본체도 약해지니까.

그런데 이 정도로 빠를 줄이야!

"위기감을 느껴서 빨라졌을지도 모르겠습니다."

"정령이…… 아니 몬스터가 위기감을 느낀다고요?"

"놈들도 살아 있는 존재니까요. 자세한 거야…… 아직 연구가 안 되긴 했지만, 맞을 겁니다."

"하……."

살아 보겠다고 본체를 소환한다는 건가.

평화로운 세계를 먼저 공격해 온 것은 몬스터인데, 웃기지도 않는 일이다.

그래도 저들이 살고 싶다고 살려줄 수 있는 상황은 아니잖나.

어차피 패배하는 쪽은 모든 걸 다 잃는 게 당연한 상황이다. 목숨을 포함해서.

그러니.

'마침 타이밍도 딱 좋아.'

한 걸음을 앞으로 옮겼다.

의문 어린 목소리가 들려온다.

"어디를 가십니까?"

"흐흐, 저거 변신 시간 아닙니까?"

"설마……."

"그 설마가 맞을 겁니다!"

몸을 띄워 달려갔다. 아주 빠르게.

* * *

변신 시간!

자고로 공격을 하기 가장 좋은 시간 아닌가. 그런데 이 시간에 공격을 하는 놈들이 없다.

저기 저 천정 길드만 보더라도, 변신하는 것을 넋 놓고 쳐다만 보고 있지 않나.

뭐 물론 준비랍시고 분주히 움직이면서 대열을 이루고 있긴 하지만, 그 이상의 뭔가는 확실히 안 보인다.

그러니 내가 나섰다. 딱 나 혼자서!

'자고로 이럴 때가 가장 털기 좋은 시간이라고!'

어릴 적 만화를 보고 느꼈다. 대체 왜 변신 시간에 적을 공격 안 하는지!

가장 적이 약할 시간인데!

말이 안 되지 않나? 목숨 걸고 싸우는 사이에 변신 시간은 지켜주는 규칙이 왜 있나.

그 규칙에 대한 만화 팬들 중 일부의 답변은 떠도는 이야기에 의하면 이러했다.

'웃겼지.'

영상으로는 몇 초가 더 걸리지만, 실제로는 1초도 안 되는 시간에 변신이 끝납니다.

라던가? 이게 말이 되나!

어차피 목숨 걸고 싸우는 데다가, 잠깐의 방심은 결국 어마어마한 결과를 초래한다고?

거기다 만화 주인공들은 하나같이, 전 세계를 구할 만큼 강한 존재지 않나!

그런 강한 존재들 앞에서 영 점 몇 초의 합법적인 방심 시간이라니.

일반인에게는 작은 시간일지 몰라도 사실 강한 자들에게는 어마어마한 방심의 시간이다.

공격 한 방 제대로만 날려도 일단 제대로 선공을 치고 들어가는 거 아닌가.

그런데도 안 한다.

하여간에 변신을 하는 놈도, 변신을 하는 걸 가만 보는 놈들도 안일한 놈들이다.

그도 아니면 변신 장면이 므흣해서 보고 있…… 아니. 여기까지.

어쨌거나 원래 세상은 글러 먹었고. 정정당당이든 뭐든 전쟁에서는 이기고 봐야 하는 거다.

"고로 지금이 최상의 타이밍이라 이 말씀!"

화아아아악—

달리면서 끌어올린 불덩어리를 이프리트를 향해서 날렸다!

아주 자신만만하게!

후우우웅!

불이 어마어마한 크기로 피어난다.

작은 이프리트들을 흡수하고, 그 덩치를 키워가고 있는

이프리트를 덮칠 만큼 커진다.

고오오오!

소환되면서도 어마어마한 포스를 뿌리고 있는 이프리트를 뒤덮는다.

마치 거대한 뱀의 머리가 이프리트를 와작하고 먹으려는 기세였다.

아니 기세뿐만 아니라 실제로 이프리트를 집어삼키려 했다!

헌데.

"어?"

스아아아아악—

막혔다. 변신이 아직 끝나지도 않았는데!

아직 모든 힘이 합쳐진 것도 아닌 거 같은데 막혔다. 어떤 거대한 힘이 내 힘을 막은 느낌.

설사 본체인 이프리트라고 해도 이 공격을 받으면 타격이 있을 거 같은데, 막히다니?

어떤 거대한 막이 생기고, 내 불이 본체를 공격하지 못하도록 막고 있는 상태였다.

"보호막인가…… 씁."

그사이 조금 다가온 운이철의 목소리가 거리감을 두고 들려온다.

"최소 방어기제라고 불리는 겁니다."

"그게 뭔 소립니까?"

"원리는 아직 모릅니다. 진짜 나올 줄은 몰랐군요. 정령류 몬스터가 본래 특이합니다."

"허어."

오늘따라 운이철도 모르는 게 많다 싶었다.

하기는 몬스터에 대해서 다 알 정도라면, 그가 신이겠지.

많고 많은 몬스터가 있고, 옹처럼 새로운 몬스터도 나오는 상황에 다 알 수 있을 리가 있겠는가.

젠장.

어쨌거나 기세 좋게 변신 시간에 공격하는 건 막혔다.

하지만.

원래 강한 놈이 안 되면, 약한 놈이라도 때리고 또 때려야 하지 않나?

'이왕 크게 한 방 불도 소환해 냈는데.'

이대로 물러날 수는 없었다.

굳이 본체를 공격하는 게 아니더라도, 본체가 되려고 달려들고 있는 이프리트들은 아직 많았다!

즉 합체가 완벽하게 끝난 건 아니란 소리!

"흐흐흐……."

따악—

손을 튕긴다. 그게 신호.

보호막에 막혀 있던 불길이 다시 움직이기 시작한다.

목표는 이프리트의 본체가 아녔다. 막힌 걸 어렵사리 뚫으려고 할 만큼 나는 무식하진 않았다.

대신에.

—후오오오!

—후오!?

그보다 약한 놈들을 노렸다.

그 주인공. 본체가 되지 못한, 작은 이프리트들!

본래는 작은 놈을 건드리면 뭐 되는 거지만, 지금 같은 상황에서는 작은 놈부터 치는 거라고!?

화아아아악—!

거대해진 화염이 분산된다. 불의 비, 유성우까지 갈 필요도 없었다.

—후오오오!

작은 이프리트들은 나의 화염에 겁을 먹었으면서도, 벌레가 불을 향해서 달려들 듯 본체를 향해서 어쩔 수 없이 달려들고 있었다.

목숨을 잃더라도 본체에 합세를 해야 한다는 본능이 있는 듯했다.

—흐오……

내 불길에 먹힐까 두려움에 떨면서도, 몸은 계속해서 본체를 향해 합세를 해 온다.

그리고 그 본체와 작은 이프리트들 사이에 내 분산된 불길이. 포식자라도 되는 듯 이프리트들을 잡아먹기 시작했다.

—후오오오!

꿀꺽. 꿀꺽.

분산된 불이 본격적으로 흡수를 하기 시작한다.

안 그래도 거대했던 내 불이 크기를 키운다. 계속해서.

본래는 본체에게 가야 할 이프리트의 불이 나의 불이 되고 있었다. 본체의 연료를 그대로 내가 다 가져가는 셈이다.

먹으면 먹을수록 강해지는 불길은 결국 나의 것.

"흐흐흐……."

내가 뿜어낸 불이 이프리트를 잡아먹을 뿐이지만, 벌써부터 내 몸에는 포만감이 가득 차는 느낌이었다.

적의 것을 내 것으로 삼는 이 상황이 너무 즐겁다.

허나 적의 즐거움은 곧 나의 분노인 법.

그게 열이 받는 것일까.

—고오오오오오!

보호막 아래에서 깨어나기 시작한 본체가 거대한 울림을

만들어낸다.

이프리트의 말은 모르지만, 척 봐도 분노가 어려 있었다.

시뻘건 화염 속에서, 더 시뻘건 두 개의 눈이 나를 쳐다보는 것이 느껴진다.

보통의 사람이라면 그 눈빛에 쪼그라들다 못해 주저앉을지도 모르겠지만,

"어쩌라고. 흐흐."

나로서는 가소로울 뿐!

애당초 저 괴이한 보호막만 아니었더라면, 합체하는 도중에 잔뜩 털렸을 놈이 째려보는 것도 웃겼다.

쿠우웅— 쿠웅— 쿵!

잔뜩 열을 받았는지, 자신을 보호해 주던 보호막을 쿵쿵 쳐 댄다.

거대한 불의 덩어리가 잘도 손 같은 걸 꺼낸 게 볼 만하긴 했지만, 자기 보호막을 부수려고 할 줄이야.

'멍청하긴.'

콰즈즈즈즉—

금이 가기 시작했다.

외부 보호 효과는 있었어도, 내부에서의 충격은 잘 막지 못하는 듯했다.

보호막을 친 존재도 내부에서부터 공격을 할 것이라고는

생각도 못 했겠지. 상관은 없다.

나로서는.

'더 커져라.'

놈이 무엇을 하든 상관없이 내 할 일만 할 뿐이었다.

따악—

손가락을 튕기며 불의 크기를 더 키우고, 그나마 남아 있는 이프리트마저도 전부 흡수하는 데 집중했다.

콰즉—

—끼야아악!

괴이한 쇳소리가 나며 결국 보호막이 깨진다.

그 안에서 모습을 드러낸 이프리트 본체. 본체가 기지개를 켜듯 자신의 몸을 크게 부풀린다.

—고오오오오오!

보호막이 알이었더라면, 이제 알에서 깨어나 잔뜩 몸을 키운 느낌이었다.

순식간에 덩치가 내가 소환한 화염보다도 더욱 커진다.

덩치만큼 놈의 기세도 더욱 커져 간다. 이대로라면 십 미터는 더 넘어갈 듯하다.

안 그래도 수많은 이프리트들이 합체되어서 만들어진 몸이 십 미터도 넘다니. 그건 그거대로 재앙이나 다름없을 거다.

이른 합체를 한 만큼 강할 게 분명할 터. 중간에 내가 방해를 했다고 해도, 어쨌건 컸다.

그런 놈에게.

“새끼. 폼만 잡아서야 쓰나.”

스아아아악—

한참 기세를 키우는 놈의 몸. 특히 명치라 생각되는 곳에 그동안 모았던 화염의 절반 정도를 그대로 쏴줬다.

“싸움은 선공이라고!”

콰아앙!

거대한 쇳덩이들끼리 부딪친 소리였다. 불과 불의 부딪침이라고는 생각하지 못할 만큼 거대한 폭음이 인다.

—고오!

놈이 열이 받는다는 듯 나를 바라본다. 그것으로 끝이 아녔다.

쿠우웅— 쿠웅—

거대한 거체를 움직여 내게 쏘아져 오기 시작한다. 바로 나부터 노리기 시작한 거다.

건물만 한 거체가 움직이니 어마어마한 광경이 그려진다.

“이리 와! 어서!”

아까부터 전열을 짜고 있던 허웅의 목소리가 들려온다.

같이 막자는 거겠지.

'막는 건 좋지.'

함께 사냥을 하고, 전투를 벌이는 것도 좋다. 저걸 잡은 뒤에 얻을 보상도 달콤할 거다.

하지만, 이 몸의 성격상 받은 건 잊지 않지 않는가? 당한 건 갚아줘야지.

"어디가!"

"볼일 보고 간다!"

내가 움직이는 쪽은 자라난 길드원들이 서 있는 곳이 아녔다.

—고오오오!

그런 내 뒤를 이프리트가 따르기 시작한다.

* * *

정상수도 인정한다.

'역시 강해. 더 준비했어야 했다.'

확실히 김기환은 강했다. 인정한다. 보기와는 다르게 저놈은 미쳐도 제대로 미친 놈이고, 실력도 제대로 가진 놈이다.

그건 인정한다.

하지만.

“왜 여기야!”

“이 미친.”

저 미친놈이 왜 이곳으로 오고 있단 말인가!

자기 길드원들 두고 왜 천정이 있는 이곳으로 오고 있단 말인가.

아니. 그렇다고 저놈이 왜 저러는지를 모르는 건 아니다. 아예 모를 만큼 멍청하지는 않았다.

‘복수겠지.’

아까 심훈안이 날린 물 공격. 그게 일부러 날린 거라는 걸 안 거다.

한 방 맞았으니, 자기도 한 방 날리겠다고 오는 거다.

자기 목숨을 담보로 이프리트 본체를 끌고서!

‘확실히 미친 새끼다, 정말.’

어지간한 일은 다 겪어 봤다 자부하는 정상수로서도 저런 미친 짓은 상상도 못 했다.

하지만 이쪽도 당하고만 있을 수는 없지 않은가.

상황이 이상하게 꼬이긴 했지만, 그 꼬인 상황조차도 이용할 줄 알아야 했다.

그 정도 능력은 가져야 천정 같은 길드도 이끌 수 있는 거고.

그렇기에 정상수는 빠르게 계산을 마쳤다.
“준비해라!”
“저놈은 어떻게 합니까?”
“어떻게 하긴 뭘 어떻게 해? 알잖나?”
정상수의 진득한 표정이 모든 걸 말해 주고 있었다.
천정 길드의 길드원들도 그의 표정이 말하는 게 뭔지 바로 느꼈다.
이프리트도 적. 김기환도 적.
적들이 눈앞에 있다. 그러니 해야 하는 건 뻔하지 않나?
“원거리부터 날려!”
고오오오!
기를 모으듯 이능력을 모으기 시작한다. 여기까지 헛으로 온 건 아닌 듯 순식간에 어마어마한 힘이 모인다.
다소 지쳐 보이긴 했지만, 그래도 보통의 위력들은 아닌 게 훤히 보였다.
그 상태 그대로.
“날려!”
명령이 떨어지자마자.
콰앙! 콰아앙! 스아아악!
각자의 방식대로 이능력이 튀어나가기 시작한다. 어마어마한 힘을 내포하고서.

그 방향은!

*　*　*

"이크!"

반쯤 예상은 했던 바다. 저 새끼들 있는 방향으로 가면 이 정도 공격은 날아올 줄 알았다.

이프리트를 공격한다는 핑계로 나를 공격할 거쯤이야, 예상도 못 하면 그건 바보나 다름없다. 아니 그 이상.

'병신이지.'

그래도 한순간 고민도 없이 바로 날릴 줄이야.

잠시라도 고민은 할 줄 알았는데, 같은 사람인 나를 공격하는데도 일말의 가책도 없어 보이는 모습이다.

하여간에 저 새끼들도 재밌는 놈이다.

그렇다고 이쪽도 잔뜩 쫄아서 있으랴. 오히려 이 상황을 즐기고 있었다.

"흐흐……."

날아드는 이능력들을 바라보며 웃음까지 지어 주면서.

'저건 물. 저건 번개. 저건 바람인가…… 흐음.'

저들이 일제포화를 하듯 날리고 있는 이능력들을 가늠했다.

그리고 그중에서 강한 화력을 자랑할 불의 이능력은!

"잘 먹어주지!"

화아아악—

N극이 S극을 끌어들이듯, 나의 이능력을 일으켜 순식간에 빨아들여 주셨다.

마치 블랙홀에 흡수되는 빛처럼, 누군가가 날렸을 불의 이능력은.

꿀꺽—

그대로 나의 권속이 되어 주셨다.

"좋다."

정말 좋다. 이 이상의 표현이 어딨으랴.

본격적인 전투 시작 전의 애피타이저치고는 아주 좋았다.

하기는 불이라면 무조건 좋다.

가스렌지의 작은 불씨라도 좋다. 그래도 그중에서 가장 좋은 건 적이 날린 불! 남이 열심히 던져낸 불이다!

아주 만족스럽다.

얼핏 뒤에서 미친 듯이 나를 쫓고 있는 이프리트를 바라봤다.

놈과 나의 눈이 딱 마주쳤다.

나를 한참 신경 쓰다가도, 눈앞에 날아들고 있는 공격들에 아주 당황한 기색이 역력하게 느껴진다.

불이 부들부들 떨고 있는 느낌이랄까.

"너도 그렇지!?"

—고오오오!

이프리트가 무슨 개소리냐는 듯 괴성을 내지른다.

동시에 놈도 이대로면 당하겠다 싶었는지, 나를 무시하고서는.

후우우웅!

자신의 몸을 구성하고 있는 불을 순간적으로 뭉친다.

그러다 스프링이 튕기듯이 순식간에 몸을 부풀리며 그 반동을 이용해 불을 내뿜기 시작한다.

화아아아아악—

그야말로 불 그 자체. 불의 정령다운 기세!

그래 봐야.

"오호. 본식이냐!"

내게 날아오는 불은 그대로 내게 흡수가 될 뿐이었다.

스아아악—

나의 몸을 타고 들어오는 화염들. 이프리트의 굳은 의지에 의해 쏟아진 화염이겠지만, 그대로 흡수가 된다.

그리고 흡수되고도 남은 불들은 계속해서 뿜어지며, 날아드는 이능력의 공격들을 막아선다.

콰아아아앙!

미사일과 미사일이 부딪치듯, 이능력과 이프리트의 불이 부딪친다.

폭음이 계속해서 귀를 때린다.

귀를 때리는 폭음만큼 사라져가는 이능력들. 그에 맞춰 사그라드는 불들은 아깝기 그지없지만.

'멋지군.'

어떤 잘 만들어진 영화에서도 보기 힘든 불꽃의 향연을 만들어 줬다.

한낮임에도 아름답게 수놓아지는 한편의 극을 본 느낌이었다.

허나 거기까지.

—그오오오!

힘을 흡수하고, 그도 모자라 자신의 화염을 이용해 천정의 공격까지 쉽게 넘겨버린 내가 마음에 안 든 듯했다.

이프리트의 거대한 눈이 나를 내려다보고 있었다. 증오가 서려 있다.

'완전히 찍혔군.'

아무래도 모든 어그로가 내게 끌린 느낌이었다. 정확히는 아까까지 끌렸던 어그로가 계속해서 내게 있는 느낌.

하기는 놈의 힘을 잔뜩 흡수했으니 무리도 아니다.

—고오오!

다시 쫓아오기 시작하는 놈.

“우아악!”

쿠우웅! 우즉—

순간적으로 던지듯 날린 놈의 주먹이 바닥에 작렬한다. 물리력도 보통은 넘는 모양.

바닥에 손이 작렬하고도 아프지도 않은지, 재차.

—고오오오!

우렁찬 목소리를 내고서는 쫓아오기 시작한다.

천정의 공격으로 잠시 멈췄던 술래잡기가 다시 시작된다.

* * *

일부러 이쪽으로 오는 게 맞다. 근데 이게 아주 얍삽하다.

적당히 거리를 유지한다. 천정에 너무 가깝지도, 그렇다고 멀지도 않은 거리로.

그러고는.

“어이쿠! 발이 미끄러졌네!”

말도 안 되는 개소리를 하면서, 아주 잠시씩 천정과의 거리를 좁힌다. 이프리트 본체도 그와 함께 가까워지는 건 당연한 이야기.

어마어마한 열기가 느껴지는 것은 물론이고.

—고오오오오.

귀찮다는 듯 휘두르는 손길에는 공격이 작렬하곤 한다.

별거 아닌 공격으로 보일 수 있지만, 레이드급이 괜히 레이드급인가. 그 자체의 단순한 공격으로도.

"크으윽……."

"치, 치료!"

탱커가 아닌 자들에게는 데미지가 확 하고 들어올 수 있다.

"으하하하."

저기 미친놈처럼 뛰어다니는 김기환이란 놈이 이상해서 그런 거지, 보통의 딜러는 견딜 수조차도 없는 상황이라 이거다! 열기 자체가!

정상수나, 제니스에서 지원 온 최상급 헌터들은 잔뜩 열받아 있었다.

'빌어먹을.'

'애매하게 움직인다.'

강한 공격을 해 봐야 이프리트가 막는다.

그게 아니어도 김기환이 참으로 얍삽하게 막아낼 때도

있었다. 이프리트를 공격하는 척 되려 천정의 공격을 막아 내 버린다.

거기다 가장 큰 문제는 그가 레이드급 몬스터 이프리트를 가지고 술래잡기를 하고 있다는 것이다!

얼마나 미쳤기에, 몬스터와 술래잡기를 할 생각을 다 하는 건지.

천정으로서는 이게 미칠 노릇이었다.

레이드는 과학이다. 괜히 전략실까지 두고 있는 게 아니다.

레이드해야 할 몬스터가 얼마나 공격을 할지 계산해야 하고, 그 공격을 어떻게 해야 효율적으로 막을지 알아야 하는 건 기본이다.

각각의 레이드급 몬스터의 특성을 알아서, 어떤 공격을 하는지 패턴도 알아야 한다.

여기서 가장 중요한 건 대열.

몬스터가 무슨 짓을 벌이든, 적당한 대열을 가지고 대응을 한다는 게 중요했다.

일열에 탱커. 이열에 딜러. 후방에 치유계.

보통은 이런 식을 기본으로 해서, 대응을 하고 공격을 해 가면서 레이드급을 잡았다 이거다.

그게 가장 효율성이 높고 쉽게 잡을 수 있으니까!

그런데 이놈의 김기환이 벌이는 술래잡기 덕분에.

"잡아! 잡으라고!"

"대열을 맞출 수가 없습니다."

"젠장할!"

대열을 맞출 수가 없었다.

레이드급 몬스터, 이프리트를 상대로 미리 맞춰 온 작전을 써먹기가 어려웠다.

애써서.

"그럼 한 방 더 날려 봐."

"그게…… 효율이 있겠습니까. 이미 몇 번을 날려도 소용이 없습니다!"

강력한 공격을 몇 번 날려봤지만, 그마저도 잘 막아내기만 하지 않는가.

'미꾸라지 하나가 물 다 흐리는군.'

지금 같은 상황에서는 차라리 이프리트가 김기환을 어서 잡아 찢어죽였으면 할 정도다.

그도 아니면 이 미친 술래잡기를.

"어서 안 잡고 뭐하나!? 어엇! 위험한데!"

진행하면서, 천정의 대열을 잔뜩 흩트리려고 하는 김기환이 어서 미친 짓을 그만둬 줬으면 하는 없던 소원까지 생길 정도였다.

'젠장…… 말려들어 가는데.'

아무리 '몰아주기' 라는 내기가 걸려 있다지만, 이런 식의 방안은 정말 생각도 못 했다.

결국 최후의 방법을 해 보려 한다.

아니 정확히는 이미 써먹었지만, 이 방법 외에는 달리 생각도 나지 않는 상황이었다.

"심훈안 헌터!"

"왜 그럽니까?"

"다시 크게 한 방 안 됩니까?"

"해 보기야 하겠는데……."

아까 전만 하더라도 기세등등하던 심훈안이다. 여기 오기 전까지만 해도 자신만만했다.

제니스의 중진인 자신이 왜 이런 곳에 지원을 와야 하냐는 태도였다.

하지만 지금은 아녔다.

힘도 잔뜩 소모를 한 데다가, 김기환이 벌이는 미친 짓에 기가 잔뜩 죽었다.

계속해서 그의 공격이 먹히지 않았기 때문이다.

처음의 자신만만한 그 모습은 어디에도 없었다.

하지만 지금만큼은 그가 뭔가를 해줘야 했다.

"보상은 충분히 해줄 겁니다. 그리고…… 잠깐만이라도

진짜로 손잡으면 될 거 아닙니까?"

"그 말은……?"

"제대로 한 방 날리자 이겁니다. 제니스고 천정이고 떠나서, 모든 걸 모은 한 방으로요."

"흠…… 그 정도라면야……."

적의 적은 공동의 적이라 했던가.

천정이고 제니스 출신이고 따지지 말고 공격하자는 그 말에 심훈안이 솔깃해한다.

끄덕.

그리곤 고개를 위아래로 끄덕인다. 동의의 표시였다.

정상수가 급하게 손짓을 한다. 그 신호를 듣고서 천정 길드와 제니스에서 온 길드원들이 모두 힘을 끌어모으기 시작한다.

"제대로 준비해!"

그들의 계획에도 없던 큰 한 방을 준비한다.

"……저기 저 새끼 제대로 노리고."

"말 안 하셔도 그럴 겁니다."

—고오오오!

미쳐 날뛰는 이프리트와 쌍으로 미쳐 있는 김기환을 노리고서!

오랜만에 전력을 다하는 한 방이 모이기 시작했다.

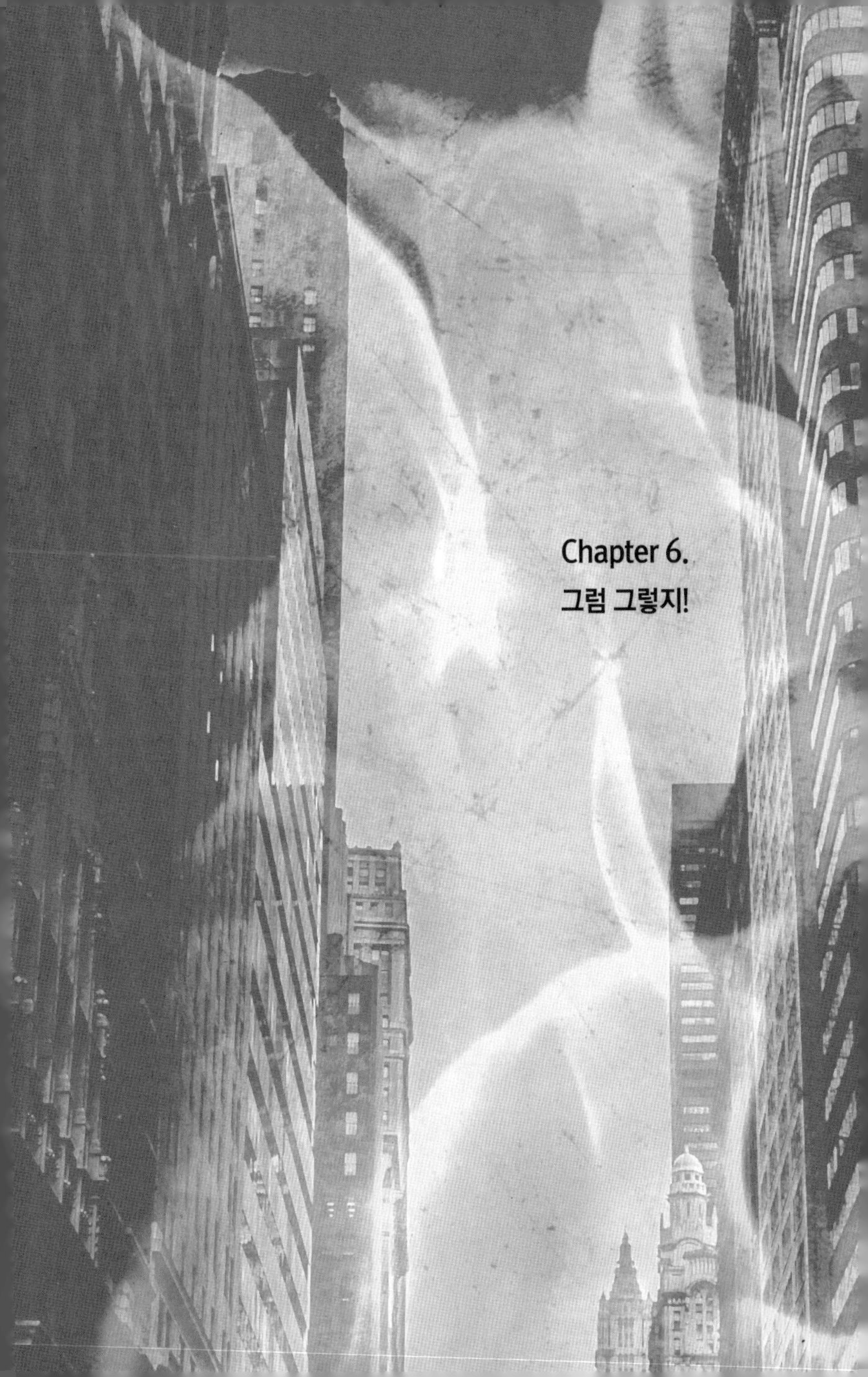

Chapter 6.
그럼 그렇지!

"무슨 원기옥이냐!"

이건 나도 살짝 긴장할 수밖에 없었다.

'미친 새끼들.'

공중에 떠오른 심훈안이 미친 듯이 힘을 흡수한다. 온몸이 부풀어 오르기 시작한다.

땀을 뻘뻘 흘리면서도 나를 째려보는 걸 잊지 않고 있었다.

다시 말하지만 분명히 나를 째려보고 있었다. 이프리트가 아니라.

저놈들은 몬스터인 이프리트보다도 나를 더욱 증오하는

게 훤히 보였다.

'하여간 나쁜 놈들은 지들이 한 거는 생각도 안 해요.'

일단 나 살 준비를 해야 했다.

그리고 적의 힘을 이용해서 뒤에 있는 이프리트에게도 한 방 잘 먹여주는 게 중요했다.

좀 아깝기야 하지만, 우선은 살고 봐야 했으니까.

'오기만 해 봐라.'

내가 마음을 먹은 순간.

푸아아아아아악—

심훈안이 천정의 모든 힘을 합친 '무언가'가 날아들고 있었다.

저들도 예상치 못하게 만들었을 거대한 힘의 무언가였다.

* * *

'끔찍한 혼종이로고!'

대체 저런 힘을 누가 태어나게 한 건지.

"으아아아악……."

힘 한 방 날리고 공중에서 떨어져 내리는 심훈안도 볼만한 광경이긴 했지만.

'우선은…….'

막고 봐야, 아니 피하고 봐야 했다.

보통 힘을 가진 자는 자기 힘을 써서라도 막고 멋있는 광경을 연출하겠지만, 나는 꽤나 실용적이거든!

"그치?"

—고오오오!

내 말과는 상관없이 이프리트는 이미 막기 위해서 자신의 몸을 잔뜩 움츠리고 있었다.

일종의 방어형으로 태세를 갖추는 듯 몸의 밀도를 높이고 있었달까. 쉽게 말해 압착되고 또 압착되고 있단 소리다.

불이 어찌 밀도를 높이냐고 말을 하겠지만, 저거 몬스터다. 상식이 통할 리가 없잖은가.

그리고 나란 존재도.

'통할 리가 없지!'

온몸을 압착하고 적의 한 방을 버티려는 이프리트.

—그으으.

놈이 웃어 보이는 느낌이다.

나는 이렇게 버티면 되지만 너는 어찌 버틸 거냐는 물음이 느껴진다.

"흐흐…… 이쪽도 방법이 있지!"

화아악—

온몸을 불로 감쌌다.

지금의 내 모습. 누가 봐도 그럴싸하게 보일 거다.

고오오오오—

하지만 저 미친 듯한 힘을 막아내기에는 역부족으로 보인다.

그래도 저 힘을 내가 막을 필요는 없었다. 말했다시피 나는 실용적이라고!?

“간다!”

—그으?

당황하는 이프리트.

저 거대한 힘을 막을 생각도 않고 자신에게로 뛰어오니 놀란 듯 눈을 크게 부릅뜬다.

훼엑!

순간 손을 휘둘러서 나의 접근을 막아내려 하지만.

‘안 통한다고.’

스아아아악—

불로 이루어진 놈의 손의 힘마저 흡수하면서 거리를 좁혀갔다.

10미터, 5미터, 3미터. 결국 0!

놈의 명치쯤 되는 곳에 점프!

"탑승이다!"

—고오오오오!

그대로 놈의 몸 안으로 들어갔다.

쑤욱.

순식간에 몸이 들어가진다. 이프리트의 저항감이 느껴진다. 어떻게든 나를 밖으로 배출하려는 듯 잔뜩 몸을 움츠린다.

하지만 그럴수록.

'아늑하네. 이거.'

나는 더더욱 안착을 했다.

놈의 몸에 있는 불을 흡수하면서, 적당히 공간을 만들어내면 될 뿐이었다.

다른 놈이었더라면 명치에 한 방 맞은 걸로 훅— 가겠지만, 어차피 에너지 그 자체로 만들어진 이프리트 아닌가.

그렇기에 이런 묘기도 부릴 수 있었던 거다.

하기야.

'불이니까 뚫렸지.'

물로 이뤄진 정령이라거나, 번개로 이뤄진 정령이면 되지도 않았을 거다.

불이니까 됐다.

몬스터에 탑승하는 미친 짓이!

—고오오오오오오!

이프리트가 이 상황을 불만족스러워하든 말든 간에.

후와아아악!

어마어마한 힘을 내포한 거대한 무언가. 최상급의 헌터와 천정 길드원들이 악착같이 끌어 모은 힘이 이프리트에 작렬한다.

콰아아아아앙—

정확히 내가 있는 명치를 노리고!

* * *

—그어어어어어어!

이프리트가 고통스럽다는 듯이 몸을 떤다. 그 몸의 안에 있었기에 나는 더욱 쉬이 느낄 수가 있었다.

덜덜덜.

몸이 떨린다. 부들부들댄다. 그래도 이프리트는 과연 레이드급 몬스터였다.

어디서 끌어오는지 모를 어마어마한 화염의 힘을 계속해서 끌어올렸다.

그러면서 그 힘을 이용해서 계속해서 혼종된 힘을 막기 시작했다.

—고오!

안에 있는 나를 쫓아내는 건 일단 뒤로 미룬 듯했다. 앞에 있는 힘에 맞서 갔다.

고통스러워하면서도, 계속해서!

막고. 또 막고.

어떻게든 해내려는 의지가 느껴졌다. 몬스터임에도 장하다고 느껴질 만큼 온 힘을 다해서 막아댄다.

하지만 역부족이었다.

이프리트의 몸이 점차 희미해져 간다. 막을 수 없을 거 같은 느낌.

'이대로는 안 되겠는데. 젠장. 어쩔 수 없나.'

놈이 장해서가 아니라, 이대로는 이프리트가 한 방에 날아갈 것 같이 느껴지는 상황.

이번 레이드의 마무리는 내가 해야 했지, 천정 길드가 해서는 안 됐다.

'이번 레이드 한번 거창하게 하는군.'

화아아아악—

이프리트의 안에서 내 온몸의 힘을 불태워 올렸다.

그리로 그대로. 이프리트에게 힘을 보충하듯 넣어줬다. 웅에게 몇 번이고 해 봤기에 쉬운 방식!

과연.

—고오오!?

화아아악!

이프리트의 옅어져 가던 몸이 다시 환하게 불타오르기 시작한다.

기묘하게도 새빨갛기만 하던 이프리트의 몸이 조금은 색이 변한 느낌이다. 본래는 분노가 섞인 듯한 새빨간 색이었더라면, 지금은 약간은 약간 탁해진 듯한, 온화해진 불의 느낌.

그렇다고 해서 불이 약해진 것은 아니었다.

오히려 강해졌다!

—고오오오!

그리고 그 강해진 불의 힘으로.

스아아아아악—

마지막으로 남은, 끔찍한 혼종이 된 거대한 기운을 막아선다.

묵묵하게. 그리고 단단하게.

샤아아아악!

점차 소멸해 간다.

이프리트가 버텨 서는 만큼. 내가 힘을 불어 넣어준 만큼 탄탄해진 방어력으로 결국 버텨내는 데 성공한다.

그리고 결국에는.

—그아아아아아!

완전히 그 힘마저 사그라든다.

이프리트는 본체의 삼분지 일 정도가 날아간 느낌. 크기가 작아진 느낌이긴 하지만. 그 힘을 분명 막아낼 수 있었다.

"으차!"

타앗.

모든 힘이 사라지자마자 놈의 몸에서 내렸다.

—그르륵!

놈의 눈이 조금은 평화로워진 느낌. 아주 약간이긴 하지만 옹이 나를 바라보는 눈빛과 비슷해진 느낌이다.

함께 막고 나서 뭔가 묘한 상황이 그려진다.

하지만 그래서는 안 됐다!

'보는 눈이 많다고.'

길드원들뿐만 아니라, 천정 길드도 있다. 이래서야 어디 옹처럼 꼬실 수가 있겠는가.

'몬스터 길들이기는 유행 지난 지 오래지.'

지금 상황상 놈과 나는 어쩔 수 없는 적!

어쩐지 순진한 눈망울을 가지고 나를 바라보는 놈의 눈빛이 약간의 양심의 가책을 불러일으킨다.

그럼에도 움직인다.

마지막까지 그럴싸하게 움직여야 했다.

천정 길드도 어쩔 수 없이 인정할 수밖에 없을 만큼 모든 걸 확실히 해야 했다.

"……깔끔하게 보내 주마!"

화아아아악—

온몸에 힘을 불러일으킨다.

불의 검을 만들어 낸다.

그리고 그 거대한 불의 검을 그대로.

스아아악!

이프리트의 명치에 작렬시킨다.

—고오오오오오!

온몸을 비틀며 고통스러워하는 이프리트!

동시에 끔찍한 배신을 당했다는 듯 나를 쳐다보고 있었다.

"미안하다고. 하지만 방법이 있을지도 모르니까. 버텨봐라."

이프리트에게 들릴 만큼만 작게 중얼거린다.

놈에게 미안하다는 말을 남기고 동시에 크게 외친다.

"운이철! 준비한 것 꺼내요!"

이프리트의 몸 안에 있을 때 미리 신호를 보낸 지 오래였다. 중요한 관건은 운이철이, 그걸 과연 알아들었느냐에 달려 있었다.

과연 운이철은 멍청하지 않았다. 신호를 알아들었다.

"갑시다! 이서영 씨!"

"넷! 하앗!"

거대한 회색의 검이 있다.

그건 무식하게 거대했다.

이능력 그 자체로 이뤄진 주제에 저런 힘을 소환해 낼 수 있다는 거 자체가 현실적이지가 못했다.

이프리트의 몸체 뒤로 보일 정도다. 평소 최대치로 소환을 하던 거대한 방패보다도 훨씬 큰 거대한 검이 소환되어 있었다.

톱날 같은 검날에, 검면에는 가시가 줄기줄기 솟아나 있는 괴이한 검이 순식간에 거리를 좁혀 다가온다.

그 거대한 검을 든 주제에 이서영은 지친 모습 하나 보이지 않는다.

되레 그녀의 표정은 기뻐 보였다.

그동안의 지독한 수련. 힘을 비축하던 시간.

오래도록 활동이 없던 그녀로서는 참으로 오랜만에 활약을 하는 상황!

'화려하게 데뷔할 때가 됐지.'

천정 길드까지 있는 이곳에서 그녀의 힘을 보여주는 건

꽤나 화려한 상급 헌터로의 데뷔가 될 수도 있었다.

그리고 그 데뷔전을 이서영은.

스아아아아악—

거대한 검을 들어 아주 제대로 보여줬다.

쫘아아악!

이능력의 힘으로 만들어진 검이 이프리트의 머리에 작렬한다.

—그어어어어!

앞의 명치에는 나의 검이. 뒤로는 이서영의 검이 놈을 압살하려는 상황.

단순한 휘두름일 수 있으나, 그 거대한 힘은 전장을 압도적으로 제압하고 있었다.

쯔아아악—

이프리트의 머리가 반으로 쪼개진다. 아니 뭉개진다.

뒤이어 검면에 있는 가시들이 이프리트를 분쇄하기 시작한다.

"……."

타악.

말없이 몸을 뺐다. 작은 '무엇'을 챙기고서.

'될지 안 될지 모르지만 일단 챙긴다.'

그리고 그 순간. 이서영이 기다렸다는 듯이 힘을 더한다.

우즉. 우즈즈즉.

에너지끼리 부딪쳐설까. 이프리트가 우그러지는 소리가 난다.

—고오오오!

이프리트도 어떻게든 버텨내려고 한다. 하지만 괜한 반항일 뿐이었다.

일도양단될 뿐.

그대로 온몸이 사그라들기 시작한다.

천정의 거대한 공격을 막아내고도 살아남은 이프리트의 거체가.

쿠우웅—

결국 무너져 내린다. 재가 되어 사그라든다.

'제대로군.'

나를 바라보는 시선이 느껴진다. 뒤이어서 서 있는 이서영을 놀란 눈으로 또 바라보고 있는 게 느껴진다.

"대체 누구야."

"저런……."

아직까지 알려져 있지 않은 이서영의 힘. 그것을 보고 놀란 기색이 역력했다.

놀란 그들에게 물었다.

"자, 이제 누가 이겼지?"

잔뜩 웃음을 짓고서!

*　　*　　*

아주 살짝 남은 화염들마저도 모두 흡수를 했다.

거대한 이프리트가 있었던 흔적이라고는 저 살짝 남은 재들밖에 없었다.

그 재마저도 결국 좋은 장비의 재료로 쓰인다. 그걸 생각하면 얼마 안 가서 이프리트의 모든 흔적들이 남지 않게 될 것은 당연한 이야기였다.

'좋군.'

지치진 않았다.

천정이 최후에 날린 한 방을 막을 때 힘을 소모한 걸 제외하곤, 대부분 흡수를 했다.

본체는 아니라지만 작은 이프리트의 힘도 흡수를 꽤 한 지 오래다.

지쳐 있을 리가 없었다. 오히려 힘의 총량이 커졌다.

그렇기에 상큼하게 물었는데,

'새끼들. 혹시가 역시나네.'

천정의 길드원들은 잔뜩 인상을 찡그릴 뿐이었다. 누구 하나 대답을 하는 자가 없었다.

"……."

하기는 저들도 꽤 지쳐 보이긴 했다.

오는 사이 계속되는 몬스터의 습격. 도착하고 나서도 바로 새벽부터 이어진 사냥. 나의 방해.

그중 가장 백미인 마지막에 만들어낸 총공격까지!

애를 썼다.

누군가에겐 짧은 전투로 보일 수 있지만, 그 짧은 시간 안에 모든 총력을 다한 상황이었다. 천정 모두가.

그러니 저들이 지쳐 있는 건 당연했다.

그렇다고 해서 봐줄 수는 없지 않나.

"대답을 해 줘야지? 자, 이제 누가 이겼지?"

"……."

이어지는 건 침묵.

그들은 아무런 말도 하지 않았다. 다만 질린 표정을 짓고 있을 뿐이었다.

한바탕의 술래잡기를 벌인 것도, 이서영이 보인 한 방도 그들로서는 놀랄 만한 어떤 것인 듯했다.

그래도 답은 해줘야 했다.

'어쩔 수 없군.'

한 걸음. 두 걸음. 걸음에 속도를 더했다. 더할수록 놈들과 나의 거리가 가까워진다.

나보다도 덩치가 큰 정상수와 마주했다. 그를 가만 바라봤다.

그에게 물었다.

"대답을 해 줘야지? 이런 건 생각할 시간을 줄 필요도 없잖아?"

"……."

저들 입장에서는 약간의 억지가 들어가 보일 수 있다는 건 안다.

레이드를 하면서 본체에 타격을 꽤 가한 건 분명 천정이다. 이프리트 본체 안에 들어가 있을 때 느꼈지만, 그들이 마지막에 날린 한 방은.

'꽤 강했지.'

그들이 예상했을 위력보다도 확실히 강했다.

백지장도 맞들면 낫다라는 걸 보여주는 듯 천정과 지원 나온 헌터의 한 방은 분명 강했다.

하지만 딱 거기까지.

마무리는 분명 우리가 해냈다.

본체를 소환하기 전 이프리트를 수없이 잡은 쪽은 이쪽이다. 본체가 소환될 때 작은 이프리트를 학살하듯 한 쪽은 이쪽이다.

거기다 술래잡기기는 하지만, 어그로를 잔뜩 끌었던 그

미친 짓은.

'탱커 짓이기도 하지.'

어찌 보면 목숨을 걸고 하는 탱킹이기도 했다.

이프리트 자체가 불이었으니 나로선 죽을 일도 없기는 했지만, 그게 무슨 상관인가.

중요한 건 이쪽에서 꽤 해냈다는 거다.

저쪽은 그만큼 못했다는 거고. 억울하든 아니든 승패는 승패. 세상에서 가장 냉혹한 게 승패라고 하지 않나.

그렇기에 가만 대답을 기다릴 뿐이다. 헌데 그 대답은.

"……인정할 수 없다."

꽤 치졸했다.

* * *

탁.

한 걸음 더 다가선다. 아주 가까워진다. 정말 거의 딱 붙어 있을 지경.

그 상황에서도 놈은 치졸하게 꺼낸 주제에, 쏘아붙이듯 말해왔다.

"승패를 딱 가르기에는 문제가 있지 않나?"

"어째서?"

"이쪽도 세운 공이 있으니까. 실상 꽤 많은 것을 해낸 쪽은 이쪽 천정이다."

정상수 이놈.

'속으로는 인정하는데.'

속으로는 분명 패배를 인정하는 눈치다. 눈빛이 그랬다.

허나 입으로 나오는 건 전혀 반대의 말이었다. 끊임없이 나를 몰아붙이려고 한다.

진심으로 인정을 할 수 없다는 듯이!

게다가 꽤 그럴싸하게 말을 하기도 한다. 하지만.

"하. 언제 우리가 공 나눠 먹기 했나? 몰아주기를 했지? 네가 하자고 하지 않았나."

"했다. 하지만……."

정상수는 쉽게 인정하는 법이 없었다. 혀가 길다.

'나눠 먹자는 건가. 아니면 적당히 하자는 거?'

은근한 표정이 있었다. 적당히 하자는.

웃긴 새끼다. 내가 패배했으면, 이놈이 적당히 했겠나. 시작부터 뒤치기 하는 놈인데 그럴 리가 없다.

그런 주제에 지가 지니 인정을 못 하겠다?

이거 아주 재밌지 않나.

온갖 멋진 척, 평소 길드장으로서의 멋진 모습을 보여 준다고 해도 결국 이게 밑바닥이다.

차라리 나는 욕을 하고, 놀리고 살지언정 이딴 꼴은 못 본다. 아니 용납하지도 않는다.

좀 더 강하게 나갔다. 속내를 숨길 것도 없었다.

"정상수, 왜 이렇게 혀가 길어? 응? 이 말 어디서 못 들었냐? 말빨 조지지 마라."

"……."

"왜? 힘으로라도 할까?"

따악—

화아아아아악—

나의 온몸으로 불이 피어오른다. 거대한 화염이 넘실넘실댄다.

순간적으로 모두를 압도한다.

모두가 아는 힘이다. 천정에서도 이미 눈으로 봤다. 이 거대한 화염이 무슨 짓을 할지를 안다.

게다가.

"여기도 합류하죠."

"요놈들 보게? 왜? 시간 끄나? 확 처리해?"

이번 전투에서 아무런 힘도 소모치 않은 자라난 길드원들이 내 뒤로 섰다.

넘실거리는 화염 옆에 그들이 있는 것만으로도 꽤 대단한 광경이 그려졌다.

지난 시간의 고생으로 꽤 힘을 빼버린 천정.

전투를 벌이면서도 지치지 않은 이쪽. 아니 되려 불을 흡수하면서 힘의 총량을 어마어마하게 늘린 나.

'상대가 될 리가 있나.'

지금 현 상태로 둘이 맞붙어서 승률이 높은 쪽은 어디겠는가.

나도 알고 천정도 안다. 승패는 거의 결정이 나 있다.

결국 한참 나를 노려보던 정상수가 씹어 삼키듯 말을 내뱉었다.

"……패배를 인정한다."

그래. 그래야지.

* * *

투욱. 툭.

"제대로 놓고 가."

"……."

누가 보면 장례식이라도 온 줄 알 거다.

그 누구도 말을 하지 않은 채로 오직 침묵이다. 그 상태로 공간 장치를 하나둘씩 떨구기 시작한다.

몬스터들의 사체가 담겨 있는 공간 장치다. 그것도 천정이 열심히 잡아온 몬스터들의 사체들이다.

'꽤 많겠지.'

호식이 두 마리들을 시켜서 몬스터들을 꽤 정성스레 몰아줬지 않나.

모르긴 몰라도 이 안에 꽉꽉 차 있을 거다.

거기다 가장 중요한 건 따로 있다.

이프리트를 잡고 나온 온갖 진귀한 것들. 그것들은 아직 아무도 챙기지 못했다. 우리조차도.

그러니 그조차도 챙기면 어마어마한 것들이 나올 거다.

'장비 한번 크게 업그레이드 할 수 있겠지.'

이프리트로부터 나온 것들로 만든 장비라니. 그리고 그것을 길드원들이 전부 착용하게 되면? 생각만 해도 짜릿하다.

투욱— 툭.

거기다 저들이 놓고 가는 공간 장치들도 아주 짜릿하고.

그런 날 봤는지 허웅이 잔뜩 질렸다는 표정을 지으며 물어 온다.

"그렇게 좋냐?"

"응. 짜릿해. 늘 새로워. 흐흐."

자기도 얼굴에 웃음꽃이 핀 주제에, 나를 징그럽다는 듯 바라본다.

그래도 할 일은 잘하고 있었다.

"……변태 같은 놈. 어이 거기 공간 장치 두고 가라니까!"

"알았다고!"

"어디서 승질이야. 제대로 놓고 가라!"

혹시나 빼먹는 게 없는가 감시를 철저히 해 줬다.

몬스터 사체 자체가 워낙 고가지 않은가. 거기다 공간 장치는 작고. 그러니 몰래 슬쩍 하려는 놈들이 한둘이 아녔다.

그걸 잘 감시하고 있었다.

물론 이렇게 한다고 해도.

"몸수색 안 해도 되겠냐?"

"냅둬. 그 정도야 개평이라고 하자고."

"픕. 개평이라. 그거 말 되네."

"원래 쫄딱 망할 거 같으면 아주 약간 챙겨 주는 거야. 아주 약간."

몰래 챙겨가는 게 아예 없을 리가 없다.

허웅 말 대로 몸수색이라도 하지 않는 한은 몰래 챙겨가는 게 꽤 되기는 할 거다.

실제로 한 건 보기도 봤다.

'제니스에서 온 놈이라고 했지.'

천정이 아니라 제니스에서 파견 나온 놈들 중 하나가 슬쩍 지들 걸 챙겼다.

천정의 뿌리가 제니스기는 하지만 서로 내분이 있는 건 이미 눈으로 봤지 않나.

그래서 챙기는 걸 알면서도 일부러 뒀다.

'나중에 재밌겠어.'

대결을 벌인 천정이 패배했다. 그들이 얻는 건 아무것도 없다.

우리가 특히나 천정의 길드원들이 챙기는 걸 용납하지 않았다. 빼돌린다고 하더라도 아주 소수가 될 수밖에 없다.

하지만 지원 나온 헌터들은?

은근슬쩍 감시의 눈길을 덜 줬다. 그러니 알아서 챙기더라. 그것만으로도 충분하지 않나?

지원 나온 것들은 챙길 거 좀 챙기고.

그나마 지원 나온 것들에게 돈을 좀 줬을 천정은 아무것도 챙기지 못했다는 것. 이것만으로도 나중에 좋은 분쟁거리가 될 수 있을 거 같았다.

그렇기에 아주 상큼했다.

시간이 지나고.

"마지막이다. 됐나?"

투욱.

마지막 공간 장치는 정상수가 직접 들고서 왔다. 손에 건네줬으면 좋으련만, 바닥에 툭하고 던지는 폼이 마음에 들지는 않았다.

그런 놈에게 어서 꺼지라는 듯 손을 휘휘 휘저어줬다.

"그럼 됐지. 어서 가 봐. 쓸데없이 힘 빼지 말고."

"……이 건은 잊지 않을 거다."

분노가 가득 차 있다. 눈빛에도. 말투에도.

그와 반대로 나는 아주 상큼하니 받아쳐 줬다.

"나도 안 잊어. 이 좋은 기억을 어떻게 잊겠냐. 흐흐."

"……새끼."

정상수의 눈에 언뜻 광기가 스쳐 지나간다.

이번 레이드로 손해가 막심하겠지만, 이걸로 물러나지는 않을 기세다.

하기는 저쪽도 서부 지역으로 진출을 하면서 모든 걸 다 걸고 왔을 터. 쉽게 물러날 거라고는 생각도 안 했다.

그래도 처음 제대로 벌인 정면 대결. 일차전은.

"승리다!"

"우오오오오!"

이쪽에서의 승리다!

모두가 이야기를 듣자마자 환호한다. 다 함께 기뻐한다

는 것. 좋은 느낌이다.

저쪽이 어찌 나오든 그건 이쪽에서 깨부숴주면 될 터.

또한.

'얻은 것도 있고…… 흐흐.'

저들이 생각지도 못한 새로운 힘으로 내리찍어 주면 그건 그거대로 즐거운 일이 될 거다.

그때를 기대하며.

"잘 가라고!"

을씨년스럽도록 초라한 기색으로 사냥터를 떠나가는 천정을 손을 휘휘 저으며 배웅을 해줬다.

승리다. 아주 좋은 승리.

그리고 그다음을 준비해야 했다.

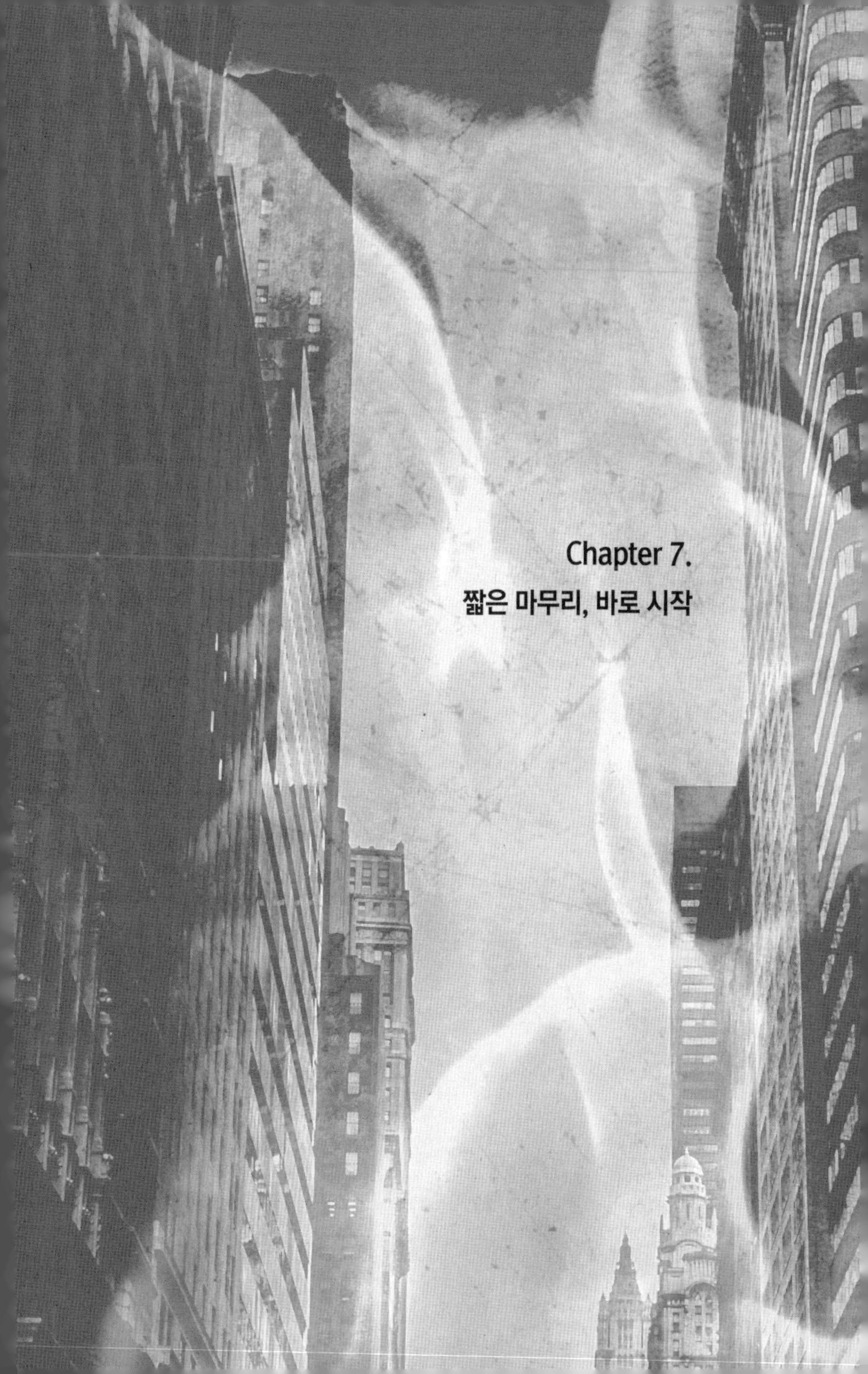

Chapter 7.

짧은 마무리, 바로 시작

한 마디에 많은 걸 내포할 수도 있다.

"어떻게 하실 겁니까?"

행동대장 격인 진찬수가 심각한 표정으로 묻는다. 얼굴에 침울함과 침통함이 가득했다.

그는 천정에서도 핵심이랄 수 있는 간부다.

정상수가 아직 길드를 꾸리기 이전에서부터 함께 해 오기도 했다.

그렇기에 다른 어떤 간부들보다 잘 알았다.

이번 전투의 결과로 얻은 피해. 막대하게 보냈던 지원금. 생각보다 이르게 끝나서 받지도 못한 지원까지.

'꼬였어.'

여러 가지로 꼬였다.

막대하게 보냈던 지원금 중 얼마를 돌려받을 수 있을지 모른다.

아직 지원도 받지 못했지만, 제니스에서 어떤 핑계를 댈지를 모르니까.

"……가서 우기기라도 해 봐야지. 걱정 마라. 전에 세워 놓았던 공도 있으니까."

"그 일 말입니까?"

"그래. 지금은 다른 놈이 하는 거 같지만, 정 안되면 '그 일'을 또 처리해 주면 돼."

"그것도 그렇겠군요."

그래도 다행인 건 정상수가 제니스에 있던 시절 세운 공이 많기는 하다는 것.

또한 지금도 이뤄지고 있는 '그 일'에 꽤나 깊숙하게 관여했었다는 게 중요했다.

그때의 일을 잘만 이용하면 어떻게든 보냈던 지원금 중 일부를 다시 돌려받을 수 있을지도 몰랐다.

그래도 가장 큰 문제는 이번 레이드로 얻은 게 없다는 것.

헌터들의 사기가 떨어지리만치 강행군을 했던 상황이다.

그런데 얻은 게 없다는 것은 꽤나 곤란한 문제였다.

규모가 컸다. 비용이 꽤 들었다.

근데 얻은 게 없다.

문제는 이런 상태에서 보상을 제대로 해 주지 않으면 길드에서 이탈하는 자도 분명 생긴다는 것이다.

쩌리 헌터들도 아니고 한 명 한 명이 제대로 된 헌터들이었다. 그들이 원하기만 하면 데려갈 거대 길드는 꽤 많은 편이다.

하급이나 중하급 같은 어중간한 헌터들이야, 길드에 들어가기가 하늘의 별 따기지만 능력 있는 자들에게는 전혀 다른 이야기였다.

그러니 어떻게든 보상을 해 줘야 했다.

"제니스야 그렇다 치고. 밑의 애들은 어찌하실 겁니까. 저야 괜찮지만은…… 다들 불안해합니다."

"전에 쌓아 둔 거라도 풀어 둬야지."

"이번 준비로 이미 거의 푸셨지 않습니까."

"걱정 마라. 다 수가 있으니까."

"그래도……."

진찬수는 처음으로 불안했다.

어린 시절. 정상수가 처음 자신을 선택해 줄 때에 그는 빛을 보는 느낌이었다.

아무것도 없는 고아로 태어나서, 자신을 이끌어줄 동아줄을 찾은 기분이었다.

그래서 미친 듯이 따랐었다. 할 짓 못 할 짓도 안 가리고 했다.

도둑질, 강도, 이런 건 예사다. 사람 죽이는 일도 했다. 그 귀하다는 헌터도 여럿 눕혔다.

그리고 여기까지 함께 성장했다.

그에게 있어 정상수는 빛이었다.

언제나 그를 이끌어 줄 빛. 그런데 그런 빛이 조금은 흐려진 느낌이 들었다.

그래선지 불안할 수밖에 없었다.

함께하던 빛. 자신을 이끌어 주던 자가 흔들리는 건 그에게 있어 전혀 예상하지 못한 상황이었으니까.

정상수가 불안함에 먹혀버리고 있는 찬수를 부른다.

"찬수야."

"……예."

"찬수야. 나 정상수다. 네가 형님 하고 따르던 형이다. 너랑 나랑 바닥 뒹굴던 시절부터 있던 상수라고."

눈에 불을 켠 듯했다.

흔들리는 진찬수가 마음에 들지 않는 걸 훤히 보여 줬다. 하지만 동시에 진찬수가 바라던 굳건한 모습이기도 했다.

'하기는…….'

아무것도 없을 때도 있었지 않은가.

고아로서 길거리에서 헤맬 때도 그를 이끌어 주던 건 정상수다. 이름도 비슷하다고 하면서 다른 아이들보다 더욱 아껴주곤 했다.

지금 와선 우스운 이야기지만 정상수가 자신을 챙겨 주는 걸 행운이라고 생각하던 때도 있었다.

그때에 비하면 지금은 훨씬 나았다.

비록 정상수가 김기환에게는 밀렸을지 몰라도 형님은 형님이다.

그제서야 불안함을 없앤 진찬수가.

"명심하겠습니다. 형님."

"그래, 그럼 됐다. 가 보자. 한 번 졌을 뿐이다. 한 번."

"옙!"

다시금 정상수를 바로 따르기 시작한다.

*　　*　　*

"개소리! 제대로 아니었냐? 흐흐."

"그랬지. 멋있는 척은 다 하고 내기는 무르자고 하는 게 말이 되냐?"

"바로 그거지! 하여간에 이겼다. 제대로!"

승리했다.

정상수처럼 멋진 모습을 보이기보다는, 미친 짓이나 잔뜩 벌였지만 그래도 승리는 승리였다.

압도적이었으며 또한 얻은 것이 많았다.

그리고 이겼기에.

'비굴할 필요가 없었지.'

내기를 없던 일을 하자던 정상수처럼 비굴할 필요가 없었다.

그 기쁨을 숨김없이 나눴다. 천정 길드원들은 다 물러난 지 오래기에 숨길 것도 없었다.

한참 허웅이나 마동수를 데리고 이야기를 하고 있으려니.

"다 정리됐습니다."

"벌써요?"

"생각보다 금방 끝났지 않았습니까. 짐을 더 꾸릴 것도 없더군요."

운이철이 임시 야영장을 다 정리하고 왔다.

노닥거리느라 제대로 도와주지도 못했는데, 아주 빠른 처리였다.

그럼 남은 건 하나뿐이지 않겠는가?

"그거 좋네요. 바로 출발하죠!"

아주 상큼하니 돌아가자는 지시를 내렸다.

이대로 돌아가기만 하면 얻어질 것들에 대한 설렘으로 잔뜩 가슴이 부풀어 오를 지경이었다.

헌데 운이철은, 지독하다 못해 독한 그는!

언제나 나와 길드원들의 예상을 한 차원씩 뛰어넘고 있었다.

"돌아가는 길에도 루트 잡아놨습니다. 레이드도 쉬웠으니, 사냥도 쉬워질 겁니다. 힘의 소모도도 거의 없었으니까요."

"……허. 돌아가는데도 사냥요?"

"어차피 돌아가야 하는 길 아닙니까. 순간 이동할 수 있는 것도 아니고. 제대로만 따라오시면 됩니다."

가만 옆에서 눈치를 보던 허웅이 작게 신음을 내뱉는다.

"……제길."

그의 말대로 제길이었다.

이제 좀 쉬는가 했지만, 상황을 보아하니 마음껏 쉴 수는 없는 상황인 듯했다.

어쩔 수가 있나.

'정말 순간이동 능력자라도 영입해야 하는 건가…… 그래도 대규모는 힘들다고 했지.'

능력자가 있는 게 아닌 바에야, 그의 말대로 사냥을 할 수밖에!

애써 비어져 나오는 신음을 삼키면서 운이철의 뜻을 따랐다. 선택권도 없었다.

"크흑…… 그래요. 갑시다. 가. 해야죠 사냥."

"그래도 이번엔 길드장님은 빠지시죠."

"예?"

"혼자 다 해먹으셨지 않았습니까. 길드원들도 굴러야죠. 성장해야 하는데."

"……오!"

그래. 나만 아니면 되는 거다. 나만 아니면!

"이 배신자!"

"제일 나쁜 새끼!"

차마 운이철은 공격하지 못하고 나를 공격하는 허웅놈들의 목소리가 들려온다.

그러거나 말거나.

"흐흐……."

웃음이 비어져 나온다.

그래. 생각해 보면 나만 뒹굴었지 않은가. 길드원들도 제대로 굴러야 균형이 맞지 않겠는가.

내가 꼭 구르기 싫어서가 아니라, 이게 다 길드원들의 성장을 생각하는 길드장의 마음가짐이다.

결코 사심이 있지는 않았다.

지금까지 운이철을 원망하던 마음을 버리고서 상큼하니 물었다.

"어디가 가장 힘듭니까?"

"안 그래도 가장 힘든 걸로 골랐습니다. 후후."

역시. 운이철 그는 최고였다.

"악마들……."

누군가의 헛된 중얼거림은 무시하도록 하자.

"자! 상큼하니 출발이다!"

다시 다음을 준비해야 한다고 하지 않았나. 새로운 시작을 위해서 힘찬 걸음을 걷는 나였다.

'나만 아니면 돼.'

라는 좋은 마음가짐으로!

*　　*　　*

퍼어어억—

날이 서 있지 않은 검이다.

우욱.

하지만 그걸 맞는 것만으로도 골이 울리는 느낌이었다.

어마어마한 타격이 사내의 몸에 작렬한다.

"큿……."

자기도 모르게 신음이 비어져 나올 정도였다.

온 전신이 고통으로 아릿했다.

어지간한 수라장은 다 거치고 나온 자신이라고 여겼는데, 그 한 방에 무너질 줄은 상상도 하지 못했다.

몸이 무너지려고 하고 있었다.

이쯤이면 되었다고 정신을 놓으려고 하고 있었다.

하지만 그럴 수가 없었다. 자신은 그래서는 안 됐다.

상대를 이길 자신이 없다고 하더라도, 아니 현실적으로 이기는 게 불가능한 지금이라고 하더라도 일으켜야 했다.

그게 헌터이면서도 밑바닥 생활을 하면서 자신을 버틸 수 있게 한 악바리 정신이었다.

김기환에게 은밀한 제의를 받고 왔을 때도 그 정신을 그대로 가져 왔다.

'버티자 한춘. 그래 나라고. 나니까 버텨야 한다.'

한춘.

대중들에게는 잘 알려지지 않았어도, 파티도 없이 홀로 몬스터를 사냥하고 다니던 헌터.

사냥에 미친 헌터.

밑바닥의 헌터들에게는 아주 잘 알려진 그가 억지로 몸을 일으킨다.

상대는 그가 몸을 일으킬 때까지도 기다려 줬다. 후속타도 없이.

'치욕이다.'

다만 굳건한 눈을 하고서는 자신을 바라볼 뿐이었다.

그의 검만큼이나 단단한 무언가가 그의 눈빛에는 있었다.

그리고 물어 온다.

"아직 부족하나?"

"개소리!"

"네가 가장 잘 버티는군."

"헛소리 말아! 입만 싼 새끼야!"

"흐음……."

부들거리는 몸을 애써 힘을 준다. 한춘. 그가 그리곤 달려든다.

상대는 그런 자신을 무심한 눈빛으로 바라본다. 그 무심함은.

후우욱——

검을 휘두르는 데까지 이어졌다.

퍼어억.

"크아아악!"

"느려. 이준성보다도 훨씬."

"크읏……."

아니라고 말하고 싶지만 말할 수가 없었다. 입을 열어봐야 신음만 비어져 나온다.

아까도 겨우 버텼다. 더 버틸 힘이 없었다. 온몸이 만신창이다.

이런 꼴로 만든 주제에도 그는 그에게 제안을 하고 있었다.

"이제는 인정하는 게 어떤가? 밑으로 와라."

"……크…… 네놈 밑에 오려고 여기 온 게 아니다."

"다들 그러더군. 그래도 결국에는 오고."

퍼어어억.

설득 대신의 폭력. 그럼에도 폭력에 굴복하지는 않는다. 다만 확실히 하나는 알았다.

적어도 눈앞의 사내가 자신보다는 위였다.

김기환과 윤이철이라는 자가 제안을 하고 때로는 설득을 하기도 해서 데려온 자들 중에서. 이자는 분명 높은 실력을 가졌다.

"……와라. 마지막 제안이다."

"젠장. 괴물 새끼들."

자신을 '설득'이랍시고 무너트렸던 김기환도 괴물 새끼였는데 이놈도 만만치가 않았다.

이쯤 되면 그도 인정을 할 수밖에 없었다.

"……알았다. 시발."

"그 말투부터 바꾸고. 바로 다음으로 갈 테니, 몸 추스르고 있어라."

"후……."

김기환과 윤이철이 만들어 낸 어떤 '곳'에서 변화가 만들어지고 있었다.

아주 크게.

*　*　*

한바탕 일을 벌이고 온 철인을 맞이하는 이가 있었다.

"또 한탕 했다지? 이 좁은 곳에서 자꾸 분란만 일으켜서 쓰나."

"시끄럽다."

"하 참.

이준성이었다. 그는 한참 여유로워 보였다. 잔뜩 신이 난 목소리다.

위기에 빠졌던 그의 부하들. 이준성으로서는 다시는 보

지 못할 거라고 여겼던 이들이 다시 살아 돌아와서 더 신이 났을지도 몰랐다.

'잘도 보낸단 말이지.'

자라난 길드는 분명 레이드를 위해서 나가 있는 것으로 알고 있다.

대다수의 인원이 나갔다고 소문까지 났을 정도다. 거기에 대항하는 천정은 더욱 많은 인원이 나간 것으로 알고 있고.

그런데도 잘도 이준성의 부하들을 구출하고, 치료를 해 내서 보낸다.

어려운 일인데도 잘도 해낸다.

뒤늦게 온 부하들의 말에 따르면.

"다 죽는 줄 알았는데 구출해 주덥니다. 꽤 대단했죠."

"저는 완전히 잡혀갔던 상태였습니다. 그런데 잘도 데려오더군요."

이준성처럼 위기에 빠진 자들을 구하는 것은 물론이고, 이미 잡힌 자까지 용케도 빼 왔다고 한다.

실력도 있고 수완도 있다는 소리였다.

이건 분명 쉬운 일이 아니었다.

특히나 레이드를 한답시고 길드원들을 대거 데려간 자라난에서 하기에는 더욱 어려운 일이었다.

그런데도 그런 일을 해냈다. 그 어려운 일을 해낸 거다.

그 이유가 뭐겠는가.

'알려진 것보다 자라난 길드가 더 클지도 모른다.'

그들을 이끌어 가는 김기환이 겉으로 보이는 것과 다르게 꽤 능력이 있는 자일지도 몰랐다.

철인의 말로는.

"그 옆의 괴물새끼가 다 꾸리는 걸 거다."

김기환의 옆에 있는 운이철이 모든 일을 다 처리하는 거라고 이야기를 하지만.

"그건 아닐걸? 너도 사람을 이끌어 봐서 알잖아? 전략가만 있다고 다 되는 게 아니라고?

"……."

이준성이 보기에는 아니었다.

유비에게 제갈량이 있어서 '천하삼분지계' 가 성공한 건 이준성도 인정한다.

제갈량은 분명 대단했다. 그 넓은 중국. 그 안에서 한정된 정보만을 가지고 천하를 읽어냈다. 그리곤 유비의 촉을 세우는 데 일조를 했다.

연의에서 다소 과장은 있었을지언정, 대단한 일을 해낸 것은 맞는 이야기다.

하지만 그 천하의 제갈량도 과연 홀로 그런 일을 해낼 수 있었을까?

이미 많은 이들을 이끌고 있었던 유비가 없었더라면 그게 가능했을까?

불가능하다!

가능했더라면 이미 제갈량이 군주 중 하나가 됐을 거다.

책략이니, 전략이니 말하면서 군주가 아닌 전략가의 자리를 차지하지는 않았을 거다.

군주는 군주만의 능력이 있었다.

'다소 바보스럽긴 하지만…….'

그가 헤픈 웃음이나 짓고 다니고, 깽판으로도 모자라 미친 짓까지 벌인다는 걸 이미 소문으로 들어서 알고 있지만.

그 이상의 뭔가가 있을 거다.

사람을 끌어들일 줄 아는 무언가가. 그렇지 않고서야 김기환의 곁에 운이철 같은 자가 함께하고 있을 리가 없었다.

'뭔가 있단 말이지.'

이준성. 그가 모르는 뭔가가 분명 있었다.

경기 서부서 이 짓 저 짓 하면서, 사람도 꽤 이끌어 봤던 그로서도 모를 뭔가가 김기환에게는 분명 있었다.

그게 그가 가진 어마어마한 힘일 수도 있었고, 또한 보기 힘든 그만의 인간성일지도 몰랐다.

어느 쪽이든 신기한 존재였다.

물론 철인은.

"그래도 그 괴물 놈이 가장 문제다. 이 안에서 벌이는 소꿉장난도 다 예상하고 있는 일일 거다."

인정을 안 하지만 말이다. 그는 꽤나 운이철에게 맺힌 게 많은 듯했다.

그래도 말은 하지 않아도 다른 하나는 그도 동의를 하는 듯했다.

"그렇겠지. 사람은 다 모아놨지만 누군가가 이끌어 주기는 해야 할 테니까. 안 그래?"

"……."

"이를테면 운이철은 장수들을 얻으려고 한 거겠지. 너나 나나. 아니면 이곳에 있는 헌터들이나."

능력이야 어쨌거나 김기환은 군주. 그 옆을 보좌하는 운이철.

듣기로 특출 난 무위를 보인다고 하는 이서영이나 한서은.

'처음 들었을 때는 놀랐지.'

이곳에 그녀들이 데려온 존재들도 꽤 됐었다. 듣기로 무력으로 덤벼들다가 깨졌다는 소리도 꽤 됐다.

소문 난 것 이상으로 그녀들은 꽤 강할지도 몰랐다.

그것으로도 김기환이나 운이철은 모자람을 느꼈을 거다.

그래서 이곳에 비밀 장소를 만들어 놓고서는.

'사람을 모으는 거다. 제대로 된 이들로.'

그 옛날 삼국지에 나왔던 것처럼 장수들을 끌어모으는 걸지도 몰랐다.

여기 있는 자들치고 이름 안 날리던 자들이 없다. 설사 이름을 날리지 못했다고 하더라도 실력이 다들 보통을 넘어섰다.

다만 이들 중 일부는 헌터 관리원에 찍히거나, 어떤 사연이 있어 떠돌 듯하던 자들이었다.

인생이 꼬여서, 방황하던 자들. 철인과 비슷한 자들도 꽤 여럿이 있었다.

한때는 이준성만큼이나 사람들을 이끌던 자들도 있었다. 그런 자들을 잘도 모아놨다.

그리고 이런 자들은 누가 보더라도 삼국지에서나 등장하던, 그런 장수라고 말하기에 부족함이 없었다.

전부 강했다. 그거면 됐지 않은가?

그거면 충분했다. 머리는 운이철이 써줄 테니까.

실패를 겪었던 것들은 알아서 해결을 해 줄 것이고. 또한 설사 조금 약하다고 하더라도.

'미친 수련법이 있지…….'

운이철이 힘을 분석해서 만들었다는 특제 수련법을 사용

하면, 다소 아니 어마어마하게 힘들기는 해도 분명히 강해진다.

고통을 겪고, 목숨을 걸 만큼 노력하면 강해지는 방식을 가르쳐 줬다.

그리고 모두가 경쟁을 하듯 이곳에서 겨루고, 다투며 힘을 키운다. 개중에는 이준성이나 철인처럼 세력을 만들어 가는 자도 있었다.

이거야말로 꽤 재밌는 짓이지 않은가?

꽤나 쟁쟁한 이름을 날리던 자들을 모아서, 장수를 꾸린다는 것.

'현대판 군주라…….'

세계화니 뭐니 하며 나라가 성립된 지 오래고. 그 뒤로도 몬스터가 튀어나온 난장판에서 김기환은 꽤 재밌는 그림을 그리고 있었다.

그리고 언젠가부터 그 미친 짓에.

"어디 가나?"

"네가 한춘을 고꾸라트렸으니 나도 다른 놈 하나 고꾸라트려야 수지가 맞지."

"……미친 새끼."

"어이어이. 욕질이나 그만하라고? 어쨌거나 기다려라. 제대로 한탕 또 하고 올 테니까."

자신도 모르게 동참을 하고 있었다. 철인도, 이준성도.

김기환과 운이철이 뿌려놓은 씨앗들이 발아를 넘어서, 꽃을 피우려 봉오리를 맺어가고 있었다.

온실 속의 화초 같은 그런 꽃들이 아니었다.

잡초. 상투적이지만 비바람을 다 견디고, 몇 번이고 꺾이고 밟혀서 만들어진 잡초.

이름도 모를 잡초들이 자신의 존재를 증명하겠답시고 어렵사리 줄기를 일으키고 몸을 또 일으켜서 다시금 일어난다.

주변에 있지도 않은 양분을 끌어들이고 또 끌어들여서 성장하고.

험난한 고생길을 넘어 이름 모를 잡초가 아니라, 그 누구라도 시선을 줄 꽃으로 화(和)하고 있었다.

누구보다 환하게!

* * *

그런 엄청난 일을 한 주제에 김기환은 여전했다.

되려 더 악동 같은 미소를 짓고서는,

"이야, 도착이다!"

"새, 새꺄…… 지만 신나서!"

"흐흐……."

한참을 뒹굴었던 길드원들을 약 올리듯 바라보고 있었다.

과연 운이철은 자신의 말을 제대로 지켜줬다.

철저하게 김기환은 전투에 참여하지 못하게 만들었다.

그래 놓고도 평소 상대하던 몬스터들보다 더욱 강한 몬스터들을 상대하도록 데려갔다.

길드원들의 능력이 10이라면 딱 10.5나 11 정도의 능력을 가진 몬스터들에게로 기어이 끌고 갔다.

"지금까지의 훈련대로만 하면 됩니다. 힘을 합치면 돼요. 참 쉽죠?"

그것을 이용하면 이 정도의 전력 차는 이겨낼 수 있다면서 아주 제대로 굴렸다.

"으아아아! 시바!"

"흐억…… 헉…… 사, 살려!"

"조심하라고!"

목숨이 위험한 때가 올 경우, 그때서야 김기환이나 운이철이 나서서 구해 주기는 했다.

하지만 목숨만 잃지 않았다 뿐이지, 그 이전의 무지막지한 상태까지는 자주 갔다.

탈진은 예삿일이고, 사냥터에서는 보호받을 존재인 치유계조차도 아주 미친 듯이 굴렀었다.

"아직 더 할 수 있습니다!"

운이철의 이능력이 가진 특유의 빛.

그 빛을 눈으로 잔뜩 흩뿌리면서 힘의 총량을 분석하고, 아주 최대한 뽑아냈다.

차라리 다른 사람이라면 어떻게 몰래 힘이라도 아꼈을 거다.

하지만 운이철의 앞에서는 그게 안 됐다.

능력을 이능력으로 측정을 해버리니, 힘을 아끼려야 아낄 수가 없었다!

아꼈다가는.

"특별 훈련을 해야겠군요."

밤늦게까지 따로 또 굴리니 방법이 있겠는가.

"으아아아! 다 뒤져버려!"

"새끼들이!"

아주 눈에 불을 켜고 몬스터에게 달려들 수밖에는 없었다.

—끼에에에엑!

—크룩!

그들을 상대하러 왔던 몬스터들이 놀랄 정도의 박력이

쏟아져 나왔다.

헬(hell).

운이철이 벌인 짓을 표현하기에 딱 좋은 말이었다.

죽으려야 죽을 수도 없고, 살아도 살아 있다고 하기 힘든 상태로 매일같이 이어지는 강행군.

그걸 만들었었다.

그래 놓고도 운이철은 냉정했다.

"흐음…… 몇몇 분 빼고는 다들 성과가 좋군요. 제가 따로 호명하는 분들은 돌아가서도 수련 좀 해야겠습니다."

"크흑."

"저, 저는 아니지요?"

"모르죠."

강행군을 벌이는 동안 길드원들 모두 전보다 분명 성장을 했는데도 만족이란 것을 몰랐다.

되려 더더욱 몰아붙일 뿐이었다.

마치.

'뭔가를 대비하는 느낌.'

지금의 평화로운 상황. 김기환을 중심으로 이끌어가는 것만으로는 자라난 길드가 아직 부족하다는 듯 계속해서 몰아붙일 뿐이었다.

조금씩이지만 길드원들도 체감이 되어 가는 상황이었다.

'뭔가가 있을지도 몰라.'

'여기서 더 나가면 대체 뭘까?'

아직까지 알리지 않은 큰 그림을 그리는 것이 분명했다.

항시 같이하고 있는 길드원들이기에 조금씩 체감해 갔다. 뭔가가 있다고.

그런 일을 잘도 벌인 주제에.

"어, 없네요?"

"역시나 약속을 지킬 리가 없지요."

김기환이나 운이철은 다른 것에 또 신경을 쓰고 있었다.

"에이. 뭐. 그럼 우선은 돌아갑시다! 자아, 본부로!"

큰 그림자가 성큼성큼 다가오고 있었다.

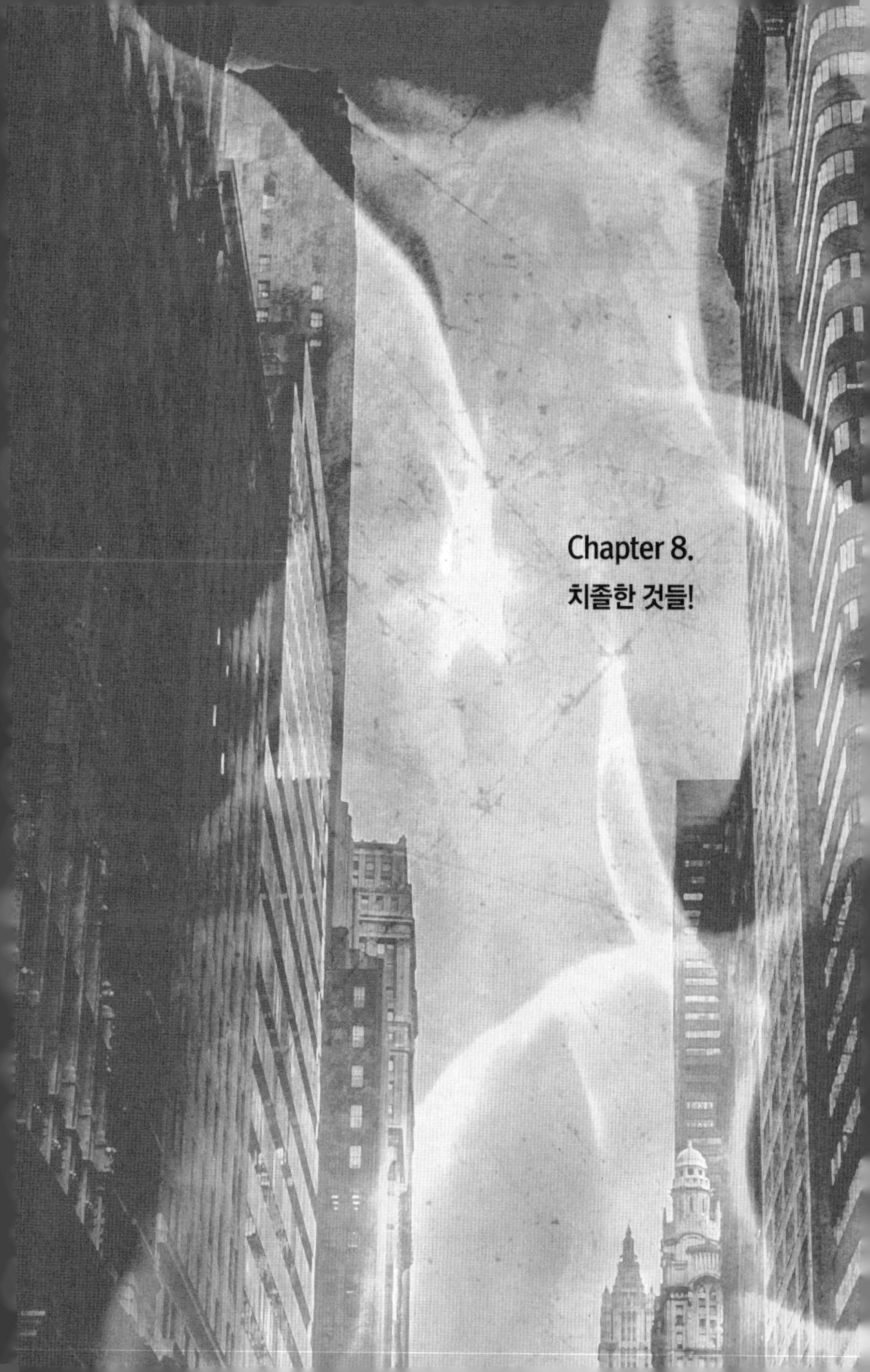

Chapter 8.
치졸한 것들!

당장 천정 길드에서는 레이드만 끝나면 인터뷰를 준비한다고 하더니, 인터뷰는 없었다.

'졌으니까 그러겠지.'

예정보다 레이드가 빨리 끝나서라는데, 그건 개소리지!

특종이라고 하면 목숨까지 거는 게 방송가 아닌가.

'제니스 길드가 뿌리인 천정이 이제 막 시작한 신생 길드 자라난에 졌다.'

라고 하면 꽤 그럴듯한 주제 아닌가?

그런데도 기자고 리포터고 코빼기도 보이지를 않는 걸 보면 뻔했다.

사냥터 앞이 휑했다.

평소보다 사냥을 나온 사람이 되려 더 적어 보일 지경이었다. 북적북적해야 할 사냥터 앞이 아주 한가해 보인달까.

자연스럽지가 않은 광경이었다.

'손을 썼어.'

아예 누가 오지를 못하게 압박을 넣은 게 분명하다.

제니스와 깊게 연관되어 있는 헌터 관리원이 방송국도 가진 세상인데, 그 정도야 못 하겠는가.

그들에게는 쉬워도 아주 쉬운 짓이었다.

오랜만에 스포트라이트 좀 받나 했더니, 역시 무리.

그래도 본부로 잘 돌아왔다.

오랜만에 시비를 거는 자도 없이 아주 잘.

* * *

그러고 가졌던 며칠의 휴식.

"우오오오!"

"후, 훈련이 없어."

나보다도 길드원들이 더 좋아하던 휴식 시간이 왔다.

그들로서는 다른 어떤 이유보다도 운이철이 하는 특제 훈련을 하지 않을 수 있다는 것에 기뻐하는 표정이었다.

실제로 허웅이나 마동수가 제일 좋아했다.

"나가자! 내가 한탕 쏜다!"

"이차는 내가 쏘지!"

두 수전노들이 회식 자리까지 쏘겠다고 하는 걸 보면 알 만하지 않나.

이놈들 아주 신이 났었다.

저 두 명이 저래서야 쓰겠는가.

"길드 애들 이끌고 다녀야 할 간부들이 저러면 안 되는데. 흠……."

일반 길드원들이야 그래도 되겠지만, 둘은 그래서는 안 됐다. 다행히 운이철도 같은 생각이었는지.

"적당히 마시고 들어오세요. 두 분은 간부 전용 훈련이 있으시니까요."

"……억!"

"평길드원들보다 약해지시면 안 되잖습니까? 후후."

"젠장할! 내가 어쩐지 잘 풀리나 했네!"

무려 둘만을 위한 훈련 프로그램을 준비를 해놓았다.

'역시 운이철.'

지옥불에 던져 놓고도, 그 지옥불에 고통스러워할 틈도 안 주고 지옥불을 꺼트리고 살아 돌아오라 할 사람이다. 독했다.

그 스트레스 때문일까.

허웅의 머리에서 순간적으로 몇 개의 머리카락이 떨어졌다.

"으어어어어! 이 미, 미친!"

마치 만화처럼 타이밍도 좋게 떨어지는데 그 모습이 제법 불쌍할 지경.

하루에도 수십 개씩 빠지는 게 머리라지만, 허웅에게는 의미가 남달랐다.

사실 평소 관리를 하는 그에게 머리카락이 몇 개가 빠진다고 해서 큰 문제는 아니었다. 그래도 심정적이라고 하는 게 있지 않나!

단 몇 개라고 할지라도 허웅에게는 소중했다.

머리숱이 얼마 남지 않게 되면, 머리카락마다 이름을 붙여줄 갸륵한 정성도 가진 게 허웅이었으니까!

"저놈 머리 좀 빠진 거 같은데요."

"……오늘 훈련은 빼 줘야겠군요."

"크흐. 아깝네요."

결국 그렇게 몇 터럭의 희생(?)으로 운이철의 마수에서 벗어나는 허웅과 마동수들.

"크흑…… 다녀온다."

"그래. 그래. 가라고."

허웅들이 애들을 회식하러 데려가고. 이서영이나 한서은은 따로 여자들끼리의 일이 있다며 먼저 움직였다.

* * *

문제는 남은 나였다.

둘만 남자 운이철이 기다렸다는 듯 물어왔었다. 꽤나 진지한 표정으로.

“한철 님은 언제 보러 가실 겁니까?”

“흠…… 곧 가기는 가야겠죠. 가 봤자 욕만 먹겠지만.”

“기다리고 있을지도 모릅니다.”

“풉. 그 사람이요? 그럴 리가 없잖아요?”

장인어른 한철. 그를 설득해야 했다. 주어진 과제들 중에서 그를 설득하는 일이 가장 컸다.

특히 운이철이 새로 고안한 것들.

‘새로운 장비들…….’

나를 포함해서 길드원들에게 힘이 될 수 있는 장비를 만들어야 했다.

이능력을 키우고 자체적인 힘을 키우는 것도 중요했지만, 장비도 그만큼 중요했다.

그러니 장인 한철의 도움은 필수!

하지만 그는 본격적으로 나서는 걸 꺼려했다. 과거의 어떤 '일' 이 그의 정신적인 발목을 잡고 있었다.

해서 설득을 해 보지만. 언제고 들려온 답은 거절이었다. 그런데 그런 한철이.

'기다린다고?'

운이철이 한 말이라지만, 어째 설득력이 없다.

그래도 안 볼 수는 없었다. 이번 사냥의 수확도 건네줘야 했으니까. 다만 조금은.

"우선은 여기 일부터 해결 보고 가지요. 여기도 급한 거 맞지 않습니까?"

"흠…… 늦었다고 더 삐치실지도 모릅니다?"

"그거야 감수해야죠 뭐."

미뤄 둘 뿐이었다.

장인어른과의 만남은 조금 더 여유를 갖고 할 필요가 있다 여겼다.

우선은 여기서 할 일이 많았으니까.

*　　*　　*

하나씩 처리를 하기 시작했다.

열정적인 현장이었다. 한낮의 더위로 땀을 비 오듯 쏟으면서도 누구 하나 허투루 일을 하는 자가 없었다.

"거기 제대로 하라고!"

"네, 넵!"

이호준이 눈에 불을 켜고 있으니 무리도 아니었다.

'그사이 더 커졌어.'

안 그래도 탄탄한 몸을 가졌었는데, 지금은 더 탄탄해진 모습이다.

살이 좀 빠지고 숨겨왔던 근육이 드러난 느낌. 거기에 공사도 끊임없이 하니 있던 근육도 단련이 됐을 터.

꽤 야성적인 모습으로 공사장을 이끌고 있으니, 어디 하성에서 뒹굴어 먹던 아이들이 개기겠는가.

이능력이 있을 때야 모르겠지만 지금은 덤벼들다가는 골로 간다.

"거기는 더 오른쪽으로 옮겨. 그래야 제대로…… 음? 오! 왔나?"

"오랜만입니다. 후후. 금방 건물이 올라가네요?"

아닌 게 아니라 레이드 좀 뛰고 왔을 뿐인데, 건물이 잘도 올라가고 있었다.

공사에 대해서 잘 모르는 내가 봐도 굉장히 빠른 속도로 진행이 되고 있는 형편.

새로 공짜로 부려먹을 놈들을 데려다 준 것도 있겠지만,

이호준이 꽤 힘을 쓴 게 분명하다.

잘할 것은 알지만 공사 속도가 너무 빨라서, 부실하지는 않겠지 하고 걱정이 다 들 지경이다.

그만큼 빨랐다. 이것도 업적이라면 업적이다.

그런 업적을 이루고서도, 이호준은 별거 아니라는 표정이었다. 되려 내 이야기를 물어왔다.

"그래. 어제 온 건 들었지. 그나저나 한 건 했다지?"

"벌써 소문이 났답니까? 여기까지요?"

"나름의 소식통이 있지. 소식통도 없어서 이 바닥에서 어찌 굴러먹겠어."

"흐흐. 그도 그렇네요. 아주 제대로 한탕 했죠."

"잘됐군. 축하하네. 축하해."

어깨를 툭툭 쳐주는데 그 안에 진심이 담겨 있었다. 진심으로 축하를 해주는 느낌이었다.

"그래서 이야길 좀 하나 새로 해 보려고 하는데요."

"이야기?"

"예. 들어보시면 꽤 재밌으실 겁니다."

"흐음…… 어디 이야기해 보게나."

다행히도 공사장을 이끌어 주는 이호준이 꽤 흥미를 보여 왔다.

"그게 말입니다……."

레이드로 얻은 자금.

우리가 사냥을 한 것에 더해서, 천정이 사냥한 것까지 더한 우리로서는 당장 큰 수익을 낸 게 당연했다.

그 수익을 이제 제대로 풀어보며 쓸 참이었다.

"호오. 그거 좋군!"

"역시 그렇죠?"

"바로 진행해 보지. 재밌겠어. 오랜만에 큰 건이군."

다행히도 이호준은 제안을 들어줬다.

'됐다.'

공사 현장에서 그들만 한 자가 또 있겠는가. 그들은 공사에 있어서는 스페셜리스트였다.

바로 앞의 요놈들처럼.

"허억…… 헉…… 오셨습니까?"

"일은 잘하고 있지?"

"암요, 암요. 잘하고 있습니다. 나르라면 나르고, 실어올리라면 올리고 있습니다."

공짜 인부들이야 하성의 놈들을 포함해서 이미 꽤 구한지 오래다.

그래도 이들만으로 되겠는가. 이호준만 한 전문가가 없어서야 제대로 된 공사가 이뤄질 리가 없었다.

"그래, 그래. 잘하라고. 하다 보면 빨라질 수도 있으니까.”

“넵! 기대하겠습니다.”

그러니 고개를 푹푹 숙여가면서, 눈치나 보는 자들 열보다는 이호준 하나가 더 소중했다.

‘잘됐으니 다행이다.’

공사는 처리를 했고. 이제 다음으로 또 여럿을 점검해 봐야 했다.

할 일이 많았다.

다음 레이드. 그리고 그 다음의 대결. 그 뒤로 이어질 여러 ‘일’ 들을 대비해서 미리 움직여야 했다.

나는 아직 적 모두를 상대하기에는 약했고, 그들은 여전히 굳건했으니까.

“흐음…… 보자 다음은…….”

그렇기에 끊임없이 움직이고 있었다.

우선은 내 할 일만 하면 된다는 생각으로.

그런데 애들의 훈련 상태도 점검을 할 겸 허웅의 사무실로 가보니.

잔뜩 얼굴이 벌게져서는 타자를 치고 있는 허웅이 있지 않은가?

‘한참 훈련할 시간 아닌가.’

움직여야 할 시간인데도 얼굴이 벌게져서는 타자를 두드리고 있었다.

그 기세가 장난이 아니었다.

마치 장판교 위의 장비처럼. 몇십만의 군사들을 상대로 홀로 버텨내는 기세가 느껴지는 듯했다.

'뭐하는 거야 대체…….'

이 나이를 먹고 키보드 배틀이라도 벌이고 있는 건가.

궁금증에 슬쩍 내가 다가갈 때까지도 허웅은 한참 모니터에 시선을 두고 집중하고 있었다.

키보드를 내려치는 손길이 예사롭지 않은 게, 이 일을 한두 번 한 솜씨가 아니었다.

슬쩍 모니터를 바라보다가.

"풉……."

나도 모르게 웃음이 비어져 나왔다.

아이디가 '다자란' 이었다.

다른 이들은 영어 이름이겠거니 생각하겠지만, 나는 달랐다.

허웅이 다 자랐다고 할 만한 게 뭐가 있겠는가?

아니 그가 다 자랄 게 있기는 한 걸까?

'아이디에 염원을 담았군.'

자신의 아이디에 허웅 자신의 희망을 담은 것이 분명했

다.

이런 면에서 보면 꽤 귀여운 녀석이다.

"어? 왔냐!?"

"푸흡…… 어어. 그래. 왔다."

표정 관리를 해야 하는데, 어째 표정 관리가 되지를 않는다.

근데 허웅은 내 표정에 상관없이 진지했다.

모니터 안의 세상에 완전히 빠져들어 가 있는 느낌이었다. 그가 손짓으로 모니터의 한쪽을 가리킨다.

"야야! 이거 보라고! 이거!"

"음? 뭔데?"

"잘 봐. 너랑 관련이 있다고. 새끼들. 유치하게 나오는데?"

"어?"

그 안의 내용이 나랑 관련이 있었다.

'저거. 저거…….'

나도 모르게 놀랐다. 이게 왜 지금에 와서야 올라오게 된 걸까.

—찌질 헌터의 과거!

영상의 시작. 고등학생 교복을 입은 아이들이 등장했다. 익숙한 얼굴들이 보인다.

그 아이들이 한 아이를 둘러싼다. 이어지는 지독한 폭력.

그 아이는 아무런 반항도 하지 못한 채로 계속해서 맞을 뿐이었다. 저항도 없다. 다만 잘못했다고 빌고 또 빈다.

잘못한 게 없음에도, 자신도 잘못한 게 없다는 걸 아는데도 두 손을 모으고서는.

"미안…… 미안해. 하지만 오늘은……."

빈다. 억울한 것도 모른다는 듯, 계속.

정말 죄인이라도 된 것처럼 미안하다 고개를 숙인다. 눈물을 흘린다. 찌질한 모습을 보인다. 감히 반항도 하지 못한다.

그런 아이를 누군가는 킥킥대면서 찍어댄다.

죄책감 따위는 없어 보였다. 그들에게는 지금의 상황이 단지 오락인 듯 보였다. 아니 확실히 오락이었다.

그들에게는 장난. 당하는 이에게는 불행.

아주 단순한 논리.

힘이 없는, 혹은 다수의 힘을 이기지 못한 아이는 당하고. 괴롭히는 아이들은 그걸 즐기는 그 상황.

어느 쪽이 더 찌질한 것일까.

재미로 괴롭히는 쪽? 죄도 없는데 용서를 바라는 쪽?

알 수는 없다. 다만 그런 영상이 계속해서 이어진다.

꽈악.

나도 모르게 손이 꽉 쥐어졌다.

'나다.'

영상 속의 아이는 과거의 나였다.

중이병스러운 과거를 말미암아 일어났던 일들. 이제는 생각지도 않으려고 했던 가장 치욕스러운 과거였다.

지금에 와서는 잊은 줄 알았다. 잊고 싶은 기억이기도 했다.

성공했다 말할 수 있는 지금에 와서도 그 과거를 굳이 꺼내 들지는 않았다.

그때 나를 괴롭혔던 이능력자들. 나보다 못한 하급인 걸 알지만, 그걸 굳이 찾아가서 복수랍시고 공격한다거나 하지는 않았다.

'그게 더 찌질하니까.'

그들과 같은 자들이 될 수는 없다고 여겼으니까.

안 그래도 멋진 놈은 못 되더라도, 더 찌질한 놈은 되지 않기로 마음먹은 지 오래이니. 나는 그들을 그대로 뒀다.

그런데 이런 동영상이라니?

"괜찮냐? 아, 괜히 보여 줬나. 그래도…… 이거 좀 난리라고. 요즘 너 몸값 올라갔지 않냐. 그래서 그런가, 잘도 찾아보더라고."

이를 꽉 깨물고 물었다.

"……언제 올라왔냐?"

"오늘. 올라온 지 몇 시간도 안 됐어. 그런데 이러더라고. 그래서 네 편에서 리플을 좀 달긴 했는데…… 그래도 심하네 분위기가."

그걸 가만 살펴보자니.

—다자란 : 새끼들아. 니들은 이럴 때도 없었냐.

.

.

—캑초 : 개소리하네. ㅋㅋㅋㅋㅋ 하여간 멋진 척은 다 하더니 찌질하네. 찌질해. ㅅㅂ

—다자란 : 가서 발이나 닦고 자라. 지금은 안 그런 사람이니까.

—캑초 : 시끄러 찌질아. 똑같은 새끼가. ㅋㅋㅋㅋ

—다자란 : 뭐 찌질이? 이 새끼가 너 어디 사냐!? 어? 나와봐라.

보아하니 허웅 이놈은 현실에서까지 불러서 한판 하려는 기세였다.

'유치하긴 한데…….'

나이 먹고 이런 리플이나 달고 있는 허웅이 우습기도 하지만, 또 한편으로는 심각한 분노가 조금은 사그라드는 느낌이었다.

"……너 그 뭐냐. 키보드 가지고 배틀 뜬다는 키보드 워리어 그런 거였냐?"

"뭐 이 새꺄. 그래도 내 친구인데 친구가 욕먹으니까 해준 거지. 원래 이런 거 잘 안 달아!"

"흠……."

"그 의심의 눈초리는 뭐냐. 진짜라니까? 너니까 달아준 거야."

"……짜식."

그래도 친구라 이건가.

'세상 참 알다가도 모를 일이긴 한데…….'

생각지 못했던 의뢰. 서로 적으로 만났고, 목숨을 걸고 한바탕 던전을 이겨냈다. 그리곤 지금까지 쭉 이 상태.

매일 서로 놀리고, 놀림 받고 그러면서도 옆에 있기 시작했던 이놈이.

'……친구네.'

언제부턴가 친구가 돼 있었다.

허웅도 마동수도. 꼭 친구로서의 감정은 있는 건 아니지만 이서영도. 묘한 한서은도. 그 모두가 생각해 보니 그런 존재들이긴 했다.

혼자 원맨쇼를 하던 찌질이, 그런 내게 어느샌가 옆에 꽤 많은 이들이 있었던 거다.

그런 나를 가만히 바라보던 허웅이 짓궂게 물어 온다.

"왜, 감동이라도 했냐?"

"새끼. 감동은 무슨……."

"그나저나 어떻게 할 거냐? 이거 좀 이상하다고. 올라온 지 몇 시간 만에 이러고…… 또 뭐 다른 거 올라올 수도 있는 거 아니냐?"

"흐음……."

어떻게 해야 하냐라?

'하기는 이게 끝이 아닐 수도 있어.'

이 이상의 것들이 퍼질 수도 있었다. 또한 척 봐도 뭔가 감이 오기는 왔다.

유치하다 못해 치졸한 짓이지만, 이런 짓부터 해댈 놈들이 누군지도 대충은 알 만했달까.

차라리 순수하게 옛 '동창'인 헌터 놈 중에 하나가 이런 걸 올렸다면, 괜찮은 상황이다.

하지만 그 이상의 뭔가가 있을 수도 있었다.

'고작해야 동영상 하나지만…….'

사람 하나 병신 만드는 거는 이런 작은 동영상에서부터 시작되는 게 아니겠는가?

그러니 지금에서부터 움직여야 했다. 뭔가 더 있어 보였다.

"어디가?"

"네 말대로 어떻게 좀 해 보려고. 확인해 볼 것도 있고."

"그려. 나는 여기서 좀……."

은근슬쩍 키보드 배틀을 다시 이어가려 하는 허웅. 하지만 냅다 그에게 소리 쳐줬다.

"리플 그만 달고 훈련이나 하러 가, 임마!"

"시불…… 빼먹으면 안 되냐?"

"안 돼, 임마. 훈련은 훈련이지. 운이철이 다 체크하고 있을걸?"

"젠장! 간다. 가."

학원 안 가려는 아이처럼, 키보드 배틀이나 뜨려 하던 허웅이 결국 몸을 일으킨다.

"젠장…… 무슨 길드에 괴물들만 있어서 내가 이 고생이지. 내가 강해져도 한참 더 강해지니 원……."

왠지 억울한 듯 궁시렁대면서 움직이는 허웅이었다.

그런 허웅을 슬쩍 불렀다.

“야.”

“왜? 임마? 훈련 간다고. 어디로 안 새. 안 빠져.”

“새꺄. 그게 아니고. 고맙다고. 어쨌거나 나 대신 달아준 거 아니냐.”

“……됐어 임마. 우리 사이에 무슨. 어쨌거나 간다 가.”

고마움을 표했지만. 은근슬쩍 얼굴을 붉히는 허웅이었다.

이놈 이거. 이런 쪽에서는 부끄럼이 많다.

머리까지 빨개졌다고 하면서, 부끄러워하는 얼굴을 두고 한참 놀려주는 것도 좋겠지만.

당장은.

‘이 일부터 처리해야겠군.’

참 유치한 짓을 벌이는 이것들부터 해결을 해야 할 판이었다.

*　　*　　*

해결책을 상의하려 묻자.

“역시 예상대로군요.”

“예상대로라고요?”

"예. 원래 이런 식을 잘 써먹습니다. 여전하네요."

운이철은 당연하다는 표정이었다.

되레 생각보다 늦게 이런 방식을 써먹고 있다면서 자세한 설명까지 더해 줬다.

지금 이들이 하고 있는 일의 방식.

'마녀사냥이라…….'

일명 까아 먹기.

이거 자주 쓰는 방법이란다. 꽤 먹히기도 하고.

강해져 가는 헌터. 혹은 강한 헌터라고 하더라도 처음부터 강하기만 한 경우는 없다.

언젠가는 그들도 어릴 때가 있었고, 유치하기만 하던 때가 있을 수밖에 없었다.

'사람이니까.'

조금씩 성장해 가는 게 사람이니까.

처음에는 약하기만 했던 자들도 넘어지고, 비틀비틀대면서 버텨서 성장을 해 나가는 거 아니겠냐.

그러다 보면 실수를 할 때도 있고, 때로는 그 실수가 흑역사로 남기도 하고 그런 거 아니냐 이 말이다.

그런 걸 잘도 써먹는다고 한다.

'일종의 질투라…….'

쉽게 말해 질투.

사람이란 존재 자체가 본래 자기보다 나은 자를 인정하기 싫어하지 않나.

때로는 그를 질투하기도 하고, 깎아내리기도 하는 게 사람이다.

그걸 이용하는 거란다.

이런 못난 모습들을 보이고, 이 사람도 별거 아니었다라는 식으로 유도하고 이미지를 점차 깎아내리는 것이 그 시작.

“이건 이제 겨우 시작일 겁니다. 죄지은 거 있으면 그것도 꺼내 들고…… 뭐 그 외에 없으면 만들기도 하죠.”

“그런 걸 왜 한답니다.”

“생각보다 효과적이니까요.”

그 뒤에는 약간의 조작까지 사용해 가면서, 그 사람의 명성을 깎아먹기 시작한다고 한다.

인생사 폼이나 명성이 밥 먹여 주는 건 아니라고들 말하지만, 이런 게 효과가 꽤 대단하다는 모양이었다.

“당장 사람들 시선부터 바뀔 겁니다.”

“그 정도야…… 뭐 얼마든지 버틸 수 있습니다.”

“예. 문제는 가까운 주변인들의 시선도 달라질 수 있다는 거죠. 뭐…… 저희야 안 그러겠습니다만 이를테면 신생 길드원들은 좀 다르지 않겠습니까?”

"……아니라곤 말 못 하겠군요."

"그렇죠. 헌터들이라는 거 자체가 워낙에 사람들 시선을 신경 쓰기도 해야 하니…… 길드에 새로 들어올 사람도 한 번쯤은 신경을 쓰겠죠."

나를 잘 아는 사람은 상관이 없다. 나에 대한 믿음이 있으니까.

하지만 아직 믿음을 쌓기 이전의 단계라면?

신입 길드원이라면?

그들에게는 꽤나 내 신용도가 금이 가리라.

'믿고 따르려고 했던 길드장이 알고 보니 찌질이였다.'

라는 거 꽤 그렇지 않나.

이미지란 게 중요한데, 그런 이미지에서부터 금을 가게 하는 거다.

그리고 이런 작은 건 시작일 뿐이었다.

"잘 나가는 길드. 그 길드의 길드장이나, 간부가 알고 보니 별거 없다. 이거 생각보다 재밌는 요소가 되거든요. 사람들 입소문으로 떠돌기에요."

"더럽네요."

"예. 더럽죠. 마치 연예인들 스캔들 내고 그런 거랑 비슷합니다."

그 시작으로 아주 더러운 꼴 보게 하고, 평소보다 더 힘들게 하는 건 단지 부수적인 효과.

"이건 일종의 전초전입니다. 별거 아니라고 넘기는 헌터들도 실제 많기는 했죠."

"넘어가고 나서는요?"

"차분히 작업 들어가는 겁니다. 보자, 이런 마녀사냥을 몇 번 한 뒤에는…… 바로 '빼먹기'에 들어갑니다."

"뭐요? 빼먹기?"

"예. 두고 보시죠. 내부적으로 단속을 하기야 하겠지만…… 효과가 별로일지도 모릅니다."

"흠…… 설마 그럴까요?"

내 나름 탄탄하게 길드를 만들어 왔다 여겼는데. 과연 그럴까 싶었다.

운이철의 말은 보통 믿고 보지만, 설마 그러랴 싶었는데.

얼마 뒤. 설마가 사람을 잡더라.

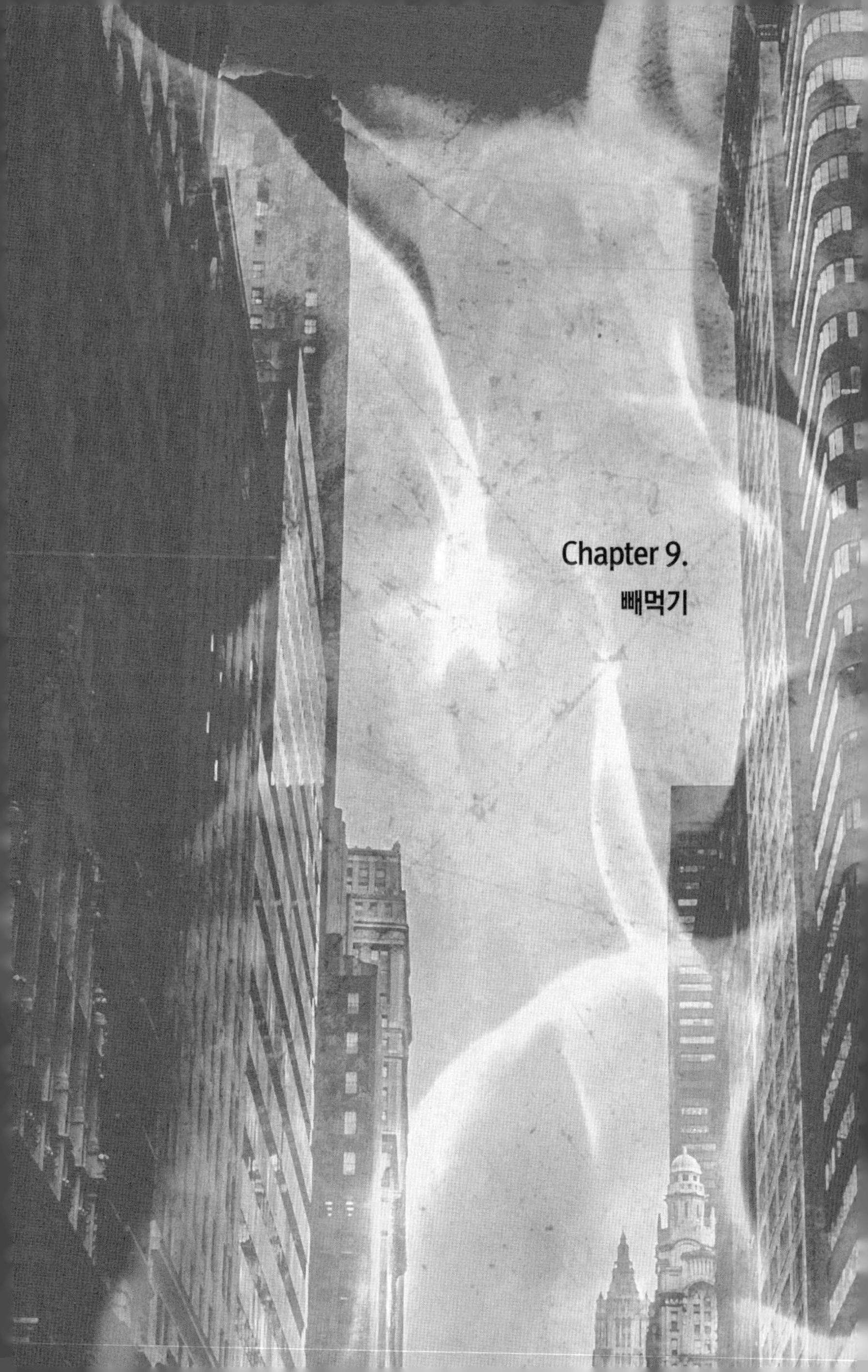

Chapter 9.
빼먹기

당장 별일은 없었다. 아니 크게는 없는 듯했다.

"잘하고 있다고!"

"아무렴요. 소장님만 믿는 거죠."

가장 처음 썼던 공사는 잘 진행됐다.

우리 길드원들이 다 들어가고도 몇 배는 남을 건물들이 턱턱 지어져 간다. 주변 일대가 길드 본부의 건물들로 채워져 가고 있었다.

일종의 길드 단지가 만들어지고 있는 셈이다.

지금은 어떻게 해도 공간 낭비다. 하지만 언제고 시간이 흐르면 이곳이 전부 차게 될 거다.

그렇게 되도록 만들 거고.

이 외에도 많은 일들이 제대로 돌아가기 시작했다.

'여기까지는 좋다.'

*　　*　　*

허나 모든 게 좋지만은 않았다.

문제의 동영상.

그 뒤에도 여럿의 동영상이 올라왔다. 지속적이었다.

내용이야 비슷했다. 이유 없는 괴롭힘. 그걸 받는 나. 비웃음. 처음만큼의 시선은 끌지 못했지만 타격이 아예 없을 수는 없었다.

'당장 기분도 문제고.'

그래서 이쪽도 지지는 않겠다는 듯,

"편집되는 대로 올렸습니다."

"좋네요."

이번 레이드의 사냥 장면들을 일차별로 멋들어지게 편집해서 올렸다.

원래 운영하던 유튜브에 일일차, 이일차. 이런 식으로.

"전보다 더 강하게 올렸습니다."

전에는 힘의 극히 일부만 보여줬다면, 이번에는 전보다

더 강한 모습을 풀었다.

대량으로 학살하는 것도 풀었었다. 덕분일까.

'올랐네.'

이십만까지 쭉 치고 올라갔다가, 찌질 동영상이니 뭐니 하던 게 퍼지고서는 떨어졌던 구독수가 점차 올라갔다.

그래도.

—야. ㅋㅋㅋ 찌질이가 용쓰네.

—니는 얼마나 잘났다고 그러냐.

—ㅅㅂ 그래도 찌질하진 않았어.

악플은 좀 늘었다지만, 그거까지는 막을 수도 없는 일이었다.

그런 변화는 차라리 나았다.

하급에서부터 구르고 또 굴렀던 나 아닌가. 모르는 사람들의 조롱은 웃어넘길 내공이 있었다.

* * *

아주 큰 건 아니지만 직접적인 문제가 바로 눈앞에 닥쳐온 일들.

길드원들의 훈련을 전처럼 책임져 줘야 했다.

운이철의 말마따나 몬스터를 상대하는 건 몬스터를 통해서 연습할 수 있어도, 헌터를 상대하는 방식 같은 건 내가 훈련을 시켜줘야 했다.

그렇기에 찾아간 훈련소.

그 안에는 꽤 많은 길드원들이 자리를 차지하고 있었다.

운이철이 내려준 과제를 수행해야 하는 것도 있지만, 자기 자신의 훈련을 위해서 애를 쓰는 자들도 다수였다.

다들 나를 바라보면서 눈인사를 한다.

그 인사를 받아들이면서, 내 전용이나 다름없는 대련장에 자리를 잡는다.

"오셨습니까."

"그래. 오늘은 세 명으로 하자고."

"……세 명인 겁니까? 알겠습니다. 바로 준비하겠습니다."

그들의 시선을 슬쩍 보면 느낄 수 있다.

맹목적으로 나를 따르는 시선을 보내는 자. 오랜 길드 생활을 바탕으로 신뢰를 보이는 자가 다수다.

그래도 소수, 전에 없던 이들이 생기긴 했다.

'미묘하단 말이지.'

조금이지만 신뢰가 덜 보인달까. 대놓고 말은 못하지만

뭔가 물어보고 싶은 게 많은 눈빛.

동영상의 인물이 내가 맞냐고 물어보고 싶은 그런 눈빛이 아주 그득했다.

가서 맞다고 하는 것도 우스운 일. 그리고 이것에 반응을 해 주는 것도 우스운 일이다.

대놓고 그럴 수도 없지 않나. 저 찌질했던 거 나 맞다고 말이다.

"자자, 훈련이나 하자고. 세 명 준비됐나?"

"옙!"

"준비됐습니다!"

단지 열심히 나는 내 할 일을 할 뿐이다.

미묘한 시선을 신경 쓰기에는 길드장으로서 할 일도 많았다. 훈련, 운영, 발전. 모두 내가 해야 할 일이었다.

해서 분위기가 묘해도 넘어갔는데.

*　　*　　*

"……죄송합니다."

어느 날이었다.

김구덕.

이름이 구덕(九德)이라면서 자기가 쌓은 덕 중 하나가 여기 자라난 길드에 들어온 거라고 우스갯소리를 날리던 길드원 하나가 찾아왔다.

그의 능력은 딜러.

길드에 들어오기 전에는 원거리 딜러가 그의 주 포지션이었다.

하지만 운이철이.

"흠…… 힘의 효율성만 높이면 될 거 같습니다."

분석을 시작하고, 이쪽에서 훈련을 맡아서 한참 굴려 본 결과로.

"거 봐요. 되지 않습니까."

근거리 딜러를 맡게 됐다.

힘을 효율적으로 사용할 수 있게 되고, 그에 맞춰서 기술까지 구상을 해 준 덕분이었다.

우우우웅—

이능력을 모아서, 검을 구체화하고 그어대는 게 그의 기술의 기본.

"검은 비효율적일 텐데요? 중병기가 힘은 들어도 몬스터 때려잡는 데는 꽤 효율적입니다."

"길드장님도 검을 쓰다 보니, 저도 검이 땡기더라고요. 하하."

기술을 쓰고 나서부터 꽤 그럴싸한 딜러가 됐었다.

처음에는 '교과서면 충분합니다.' 라고 말하던 운이철의 분석력이 점차 올라간 것도 한 몫을 했으리라.

물론 내가 미친 듯이 굴린 건 덤이고.

여기에다가.

'장비도 지원해 줬지.'

김구덕. 그가 나와 같이 나갔던 레이드는 총 두 번.

이번 이프리트 레이드는 물론이고 그 전의 레이드도 나와 함께 갔다.

그 전 레이드에서 나왔던 것들로 장비를 맞춰줘서 이번 이프리트 레이드를 출발할 때만 하더라도.

"와. 이거 장난 아닌데요. 이번에는 길드장님만은 못해도 제몫은 할 거 같습니다."

기쁘게 웃어 보이면서, 장비를 받고 기뻐하던 얼굴이 아직도 생생하다.

하지만 지금의 얼굴은 완전히 죽을상이다. 기뻐하는 표정도 아니고, 뭔가 죄책감을 가지고서 내게 말을 걸어 온다.

죄송하다고.

"……길드를 옮기려고 합니다."

평생 함께하자고 웃던 길드원이 미안하다고 찾아오는 그 느낌이란, 아무래도 좋을 수가 없었다.

마녀사냥이라 말하던 그 동영상 따위가 줄 수 없는 깊은 슬픔을 줬다.

나로선 안 물을 수가 없었다.

"이유가 뭔데?"

"그게……."

그리고 들려오는 그 이유.

"하……."

조건이 좋단다.

지금 길드에서 챙겨 가는 돈보다도 더 많은 걸 제안했단다. 덤으로 스카웃 비용이랍시고 준 계약금도 어마어마하다나.

"장비는 반납하겠습니다. 아니…… 너무 닳아서 그러면 그것도 보상해 드리겠습니다."

장비도 새 것. 그를 위한 것으로 받기로 했다고 한다.

거기다 그의 포지션도 제대로 챙겨주는 데다가, 몇 년 내로 간부의 자리도 약속한다더라.

'대단한 조건이군…….'

이쪽에서는 이뤄 주기 힘든 조건이었다.

아니 어느 길드에서라도 이 정도 조건을 가지고 데려간다는 게 말이 안 됐다.

이건 꽤나 의도적인 일이 분명하다.

'빼 먹기가 바로 시작된 건가.'

지속적인 마녀사냥으로 이미지를 계속해서 더럽히고, 신생 길드원이 들어올 때 한 번쯤은 더 생각하도록 하는 게 첫 번째.

말도 안 되는 조건으로 스카웃 제의를 하고, 길드원들을 빼 가는 것이 두 번째.

무슨 매뉴얼이 있는 거 같다.

아주 착실하게 빼 갈 준비를 하는 느낌이었다.

천정과의 레이드 대결로 우리 길드가 신생치고는 대단한 걸 알았으니, 내부에서부터 흔들겠다는 의지가 팍팍 느껴졌다.

'더럽군.'

세상사 더럽다는 거 안다.

어제는 친구였던 자도, 내일은 별거 아닌 이유 혹은 돈이라는 것을 이유로 배신하는 게 예삿일이라는 건 안다.

그래도 이들은 같은 길드원들 아니었나.

동고동락했다. 전투를 벌였으니 전우라고도 할 수 있다.

내 나름 챙길 수 있는 것을 미친 듯이 챙겼다. 장비에 필요한 재료를 모으겠답시고 미친 짓도 벌이고 했던 게 나다.

그런데 결과가 이거라. 입에서 쓴맛이 느껴진다.

"……죄송합니다. 전이라면 이런 제안도 못 받았을 겁니다. 길드장님 덕분인 걸 압니다. 그래도 욕심이 나서……."

"됐어. 임마."

그래도 이쪽 입장을 전혀 이해 못 하는 건 아니다.

'잡자고 하면 방법이 없는 건 아니다만…….'

처음 이쪽 길드에 들어올 때 작성했던 계약서. 그걸 가지고 우기고 들어가면 김구덕도 나가지는 못할 거다.

하지만 표정이 너무 절실했다.

세상을 살면서 일평생에 세 번의 기회가 있다고 하지 않나. 그런 세 번의 기회 중에 한 번을 잡은 표정이었다.

내게 부탁을 하고 있었다. 보내달라고.

몇 번을 말하지만 입이 쓰긴 쓰다. 그래도 어쩌겠나.

저렇게 절실한 표정을 하고 있는데. 눈물에 눈이 그렁그렁하니 맺혀서 부탁을 해 오는데 어쩌겠냐 이 말이다.

보내 줘야지.

김덕구의 어깨를 툭툭 쳤다. 괜찮다는 의미로.

"가 봐라. 가서 크게 한탕 하고. 계속 강해지고."

"……더 강해지기야 하겠습니까. 훈련법도 다 써먹으면 멈추겠죠. 그래도 크게 벌고는 싶어서요. 욕심이 많아서…… 죄송합니다."

"사내새끼가 꿈도 크게 가질 수 있는 거지. 됐다. 가 봐라, 가봐."

"……죄송합니다."

속은 쓰리기는 하지만 최대한 내색을 안 했다.

몇 번이고 꾸벅이며 인사를 하던 김덕구가 나를 한없이 바라본다.

"떠나는 건 짧게 하자. 정든다."

"……네."

그러다가 결국 마지막 크게 구십 도로 몸을 숙이고서는 떠나간다.

그 모습을 가만히 앉아서 하염없이 바라봤다.

멍하니.

함께 하자고 했던 이.

허웅이나 마동수처럼 친구는 아니라 하더라도, 꽤 소중히 여겼던 이가 떠나가는 건 속이 쓰렸다.

그리고 순순히 보내주고 있는 나를 보자면.

'시바…… 이러니까 내가 너무 호구 같네.'

조금은 한심스럽기도 했다.

천정. 제니스. 헌터 관리원.

그런 강자들에게는 잘도 개기고 그러면서, 어째서 나보다 약한 약자한테는 이렇게 호구가 되는 건지.

위에 있는 놈들 다 때려잡고, 최고의 헌터가 되자며 아등바등 올라온 나인데 하는 짓이 참 그렇다.

"후우……."

한숨을 깊게 내쉬어 본다.

"이래서 담배 찾는 사람들이 많나."

펴 본 적도 없던 담배가 생각이 났다.

허나 그때 나는 금방 깨달아야 했을지도 몰랐다.

사람이라는 건, 생각보다 그리 쉽게 배신하지 않는다는 것. 어쩌면 떠나간다고 말하는 이에게 믿음이 부족했던 건 이쪽일 수도 있다는 것을 말이다.

나도 모르게 일이 벌어지고 있었다. 여러 곳에서.

* * *

"또 갔군요."

"잡는다고 될 게 아니니까요. 그리고 예상했던 문제잖아요?"

"그도 그렇긴 했죠."

계약서. 종이 쪼가리 한 장. 그거 하나 믿고 세상을 살아가기에는 겪은 게 많았다.

계약서를 처음 작성했던 건 의지의 문제였다.

이들이 과연 이런 불공평한 계약서를 보고도 길드에 들

어올지 말지를 보는 그런 의지의 문제.

계약서를 이용하면 잡을 수는 있겠지만, 그 뒤에도 계속할 의지가 있을지는 알 수 없기에 결국 풀어줬다.

그래선지.

"……죄송합니다."

김덕구처럼 죄송하다 말하며 떠나는 자들이 몇 있었다.

가는 그 순간까지도 미안한 건지.

"저기……."

"왜?"

"아닙니다. ……그냥…… 몸 편히 계시라고……."

"걱정 마라. 내 몸은 내가 가장 잘 챙기는 거 알잖아? 너나 가서 몸 상하지 말고."

"예, 옙! 감사합니다. 정말로요."

다들 미안해할 거면 왜 떠나는 건지.

그렇다고 길드원들을 스카웃해 가는 길드만큼 파격적인 조건을 제시하기는 힘들었다.

신생길드답게 돈 들어갈 곳은 많고, 앞으로도 죽어라 고생해야 하는 건 맞으니까.

그러니까 이왕 조건 제대로 들어왔으면, 가는 걸 막기도 힘든 거다.

'나라고 해도 갔을지도 모르니까.'

길드 차원에서는 길드원들이 빠져나가는 것이 큰 문제가 될 수밖에 없다.

하지만 저들에게는 저런 식으로 스카웃 제의를 받고 빠져나가는 것이 개인으로서는 최선의 선택일 수도 있는 거였다.

높은 연봉. 더 명성 있는 길드. 그런 걸 선택한 걸 어찌 막으랴.

어차피 언제고 벌어질 일이긴 했다.

운이철과 나의 계획대로 일이 이뤄지게 되면 언제고 한 번은 길드원들이 대거 이탈할지도 모른다는 건 예상을 이미 하고 있었다.

다만 이런 식으로 이탈할 것까지는 생각 못 했다. 한둘이야 이탈할 거를 생각했지만 생각보다 수가 많았다.

하기는.

'예상을 미리 하고 있었다고 하더라도 속이 쓰릴 수밖에 없는 일이지.'

미리 알고 있으면 뭐 하겠는가.

같이하던 이들이 가면, 그건 그거 자체로 좋은 일일 수 없는 것을.

그나마 다행인 점이 있다고 한다면.

"뼈아프네요."

"확실히요…… 훈련법은 개개인에 맞춰 만든 거라 못 빼

가겠지만…… 그래도 뼈아프죠.”

“흉내는 낼 수 있지 않아요? 훈련법.”

“흉내 내도 소용없을 겁니다. 저 나름 노하우가 많이 들어간 거거든요.”

“흠…… 그거 불행 중에 다행이라고 해야 할지 모르겠네요.”

저들이 나가도 우리의 훈련법을 빼내 갈 수는 없다는 것 정도?

물론 몇 가지는 가져갈 수 있기는 할 거다.

가장 첫 번째로 대련. 상급의 헌터가 하급의 헌터와 대련을 해 주면 여러모로 성장할 기회를 쌓을 수 있다.

하지만.

‘누가 할라고.’

어떤 상급 헌터가 하급 헌터와 대련을 해 줄까.

같은 길드라고 해도 결국에는 경쟁자다. 간부가 되기 위해서 경쟁하기도 하고, 공을 세우기 위해서 경쟁을 하기도 한다.

당장은 등급의 차이가 난다고 하더라도, 언젠가는 결국 경쟁자가 된다.

그런 경쟁자에게 대련을 해 줘서 실력을 키워 준다고? 누가 하겠나!

나야 길드장이고, 저들과 수준을 달리하는 강함을 가지고 있다고 장담하니까 벌이는 짓이라지만, 다른 자들도 그럴 거라곤 생각도 못 하겠다.

저들을 스카웃한 거대 길드의 길드장 정도 되면 또 모르겠다.

나만큼은 아니라고 하더라도 강자는 충분히 많으니까. 그들이 대련을 해주면 성장을 하는 데 분명 도움이 될 거다.

하지만 해줄 리가 있겠는가?

'말도 안 되지. 그 새끼들이 해 줄 리가 없어.'

내가 최하급일 때도 남들 위해서 힘써 주는 상급 헌터 어디 가서 못 봤다.

거대 길드의 길드장 되는 애들은 더더욱 그랬다. 지들 배때기에 기름칠하기 바쁘지. 어디 하급 헌터들 챙겨주는 헌터 있었나?

되레 최하급, 하급 헌터들 뜯어먹는 헌터 관리원 편에나 안 서면 다행이었다.

뭐 그 외의 여러 가지야 따라 하려고 해도.

'운이철 같은 분석가는 또 없을 테니까.'

불가능했다.

그래도 저들도 길드를 이끌면서 쌓은 노하우는 있긴 할 거다.

운이철의 것보다 효율은 좀 떨어질지 몰라도, 훈련 자체는 가능할지도 몰랐다.

허나 그런 훈련조차도 해 줄지 의문이다.

어쨌거나 스카웃이 돼서 갔지만, 과연 대우를 얼마나 해 줄지는 두고 보아야 할 일일 테니까.

그래서 그나마 훈련법에 대해서는 고민이 없다.

'그래도 씁쓸하다는 게 문제지만…….'

역시 누군가 떠나간다는 건 좋을 수가 없는 일이었다.

해서 쓰린 속을 달래고 있으려니.

똑똑.

"들어가도 되겠습니까?"

묵직한 목소리가 들려온다.

"바로 들어와. 안 잡아먹으니까."

또인가. 생각하면서 애써 씁쓸함을 숨기고서는 들어오라 말했다.

묵직한 목소리의 주인공이 들어온다.

"박학수. 왜 너도 또 죽을상이냐."

박학수. 길드에서도 수가 그리 많지 않은 중상급의 탱커다.

몸 그 자체가 이능력으로 상시 강화된, 탱커 중에서는 흔하다고 할 수 있는 능력을 가진 이였다.

탱커답게 덩치도 컸다. 탄탄한 근육질의 몸은 저런 몸을 좋아하는 여자가 보면 누구라도 눈이 크게 떠질 만한 그런 몸이었다.

거기다 성격도 쾌남인지라, 평소 인기가 많았다. 다만 문제가 하나 있다면 그의 별명.

그의 별명은.

'……변태. 마조…….'

훈련법 때문에 생긴 별명이었다.

처음 박학수의 이능력을 분석했을 때 운이철의 표정을 아직도 잊을 수가 없었다.

천재인 그로서도 생각지도 못한 무언가를 봤을 때의 표정. 상상 이상의 그 무엇을 봤을 때의 놀란 표정을 하고 있었다.

그가 놀란 눈으로 내린 박학수의 이능력에 대한 평가는.

"……맞을수록 강해지는군요."

"예?"

"말 그대롭니다. 험한 일을 하다 보면 부드럽던 피부도 거칠해지고, 그 뒤에는 굳은살도 생기지 않습니까?"

"그, 그렇죠……?"

"딱 그런 겁니다. 당신. 맞으면 강해집니다! 맞을수록 더요!"

"……하."

그때 모두의 놀란 표정을 나는 잊을 수가 없었다.

시한부 선고를 받은 자의 표정이 그럴까. 박학수는 마치 죽을병이라도 걸린 듯 물었었다.

그 솥뚜껑 같은 손으로, 운이철의 양어깨를 잡고 물었다.

"……정말, 정말입니까? 그러니까 제가 맞아야 한다는?!"

"맞습니다. 정 안 되면 실험해 볼까요? 아니 바로 하죠."

"시, 실험해야 하는 겁니까? 그런 걸!?"

"뭐든 확실한 게 좋은 거니까요. 길드장님!"

그때의 운이철은 어깨의 손을 슬쩍 치우면서, 꼭 확인해야 한다며 나를 불러들였다.

나로서는.

"……아 뭔가 좀 찝찝한데 해야 하는 거죠?"

"당연합니다."

뭔가 묘하게 찝찝하기는 하지만 어쩔 수가 없었다.

"최고조로 때려 줘야 합니다. 딱 버틸 수 있을 만큼요. 그래야 최대 효율로 탱킹 능력이 강해집니다!"

"……아씨. 뭔가 이상한데."

찝찝함을 느끼면서도 대련장으로 박학수를 불러들였었다.

"살살 할게."

"넵. 가, 감사합니다."

적당히 봐주려고 했지만.

"아뇨. 확실히 해 줘야 합니다. 그러니까…… 보통 중상급 몬스터 잡을 때의 수준 정도로 패세요."

"……그건 좀."

"해야 합니다. 꼭요."

운이철이 눈에 불을 켜고 꼭 해야 한다는데 어쩌겠는가.

"……이 길드장이 미안하다아!"

바로 달려들었다.

눈을 질끈 감고서. 오른손을 퍽하고 내밀었다. 검을 뽑아 들지 않은 게 나로서는 최대의 배려였다.

사과를 함과 동시에 작렬하는 오른손.

"꾸에엑!"

수없이 많은 실전으로 단련된 오른손이, 그대로 복부에 작렬한다.

어디서 돼지 멱따는 소리가 나던 게 그 시작.

"계속! 계속 쳐야 합니다! 개패드……아 이건 실수 입니다! 어쨌든 계속!"

운이철의 성화에 못 이겨서.

"크흐……."

"젠장."

패는 나도 어째 죄책감에 휩싸이고, 맞는 박학수 쪽은 고통에 가득 차며 고문 아닌 고문이 본격적으로 이뤄졌다.

왼손. 오른손. 왼손. 오른손. 강강약. 중간 약.

묘한 패턴까지 그려가면서 패기를, 아니 훈련을 하기를 한참.

"꾸어어억. 억…… 으억! 크아아악!"

고통스러워하던 박학수가. 순간 미쳤던지.

"……아항."

묘한 소리를 내버렸다. 안 그래도 맞느라 얼굴이 시뻘게졌었는데, 지금은 다른 의미로 얼굴이 시뻘게진 느낌이었다.

"뭐, 뭐야!?"

"이, 이건. 그러니까 이건…… 너무 고통스럽다 보니까. 제정신이 아니어서 이상하게 신음이 나온……."

필사적으로 아니라고 말하던 박학수였다.

뭐가 아닌지는 모르겠지만, 미친 듯이 손을 휘저으며 자기는 정말 아니라고 말했다.

그때부터 지금까지 그 '아항'의 정체는 알 수 없었지만, 결코 박학수를 잊지 못하게 하던 그런 경험이었다.

하여간 이게 박학수가 그런 별명을 가지게 된 이유.

또한 짧은 시간 안에 굉장히 강해지게 된 이유기도 했다.

딱 강해질 만큼만, 죽을 고비도 없이 계속해서 쳐맞으면서 수련을 하고. 옆에서 있던 운이철이.

"치료 넣어주세요!"

"옙!"

치유계의 훈련용으로 치유까지 끊임없이 넣어주니 안 강해질 수가 있었겠는가.

"아흥…… 이, 이건 잘못 들은 겁니다!"

정말로 아주 가끔. 자신도 모르게 이상한 소리를 내는 것만 제외하면 그는 아주 차분히 강해지고 있었다.

길드 내에 탱커 중에서도 수위를 다툴 만큼!

그런 그가 이런 죽을상을 하고 온 적은 진심으로 오랜만이었다. 훈련을 할 때야 죽을상을 하는 건 여전하지만, 평상시에 그는 호탕하기 그지없었다.

그런데 지금은 완전히 풀이 죽어 있었다. 괄괄한 목소리도 내지 못하고 있었다.

'이놈도 가나…… 보내줘야 하나. 하…… 정말.'

근래 들어서 익숙한 분위기였다. 어두움. 씁쓸함. 아쉬움. 그런 기운들이 공기를 텁텁하게 만들고 있었다.

이놈도 가는 건가 하는 그런 생각이 들었다.

헌데 들린 말은 의외의 것이었다.

"도와주십쇼! 빨리요!"

"뭐?"

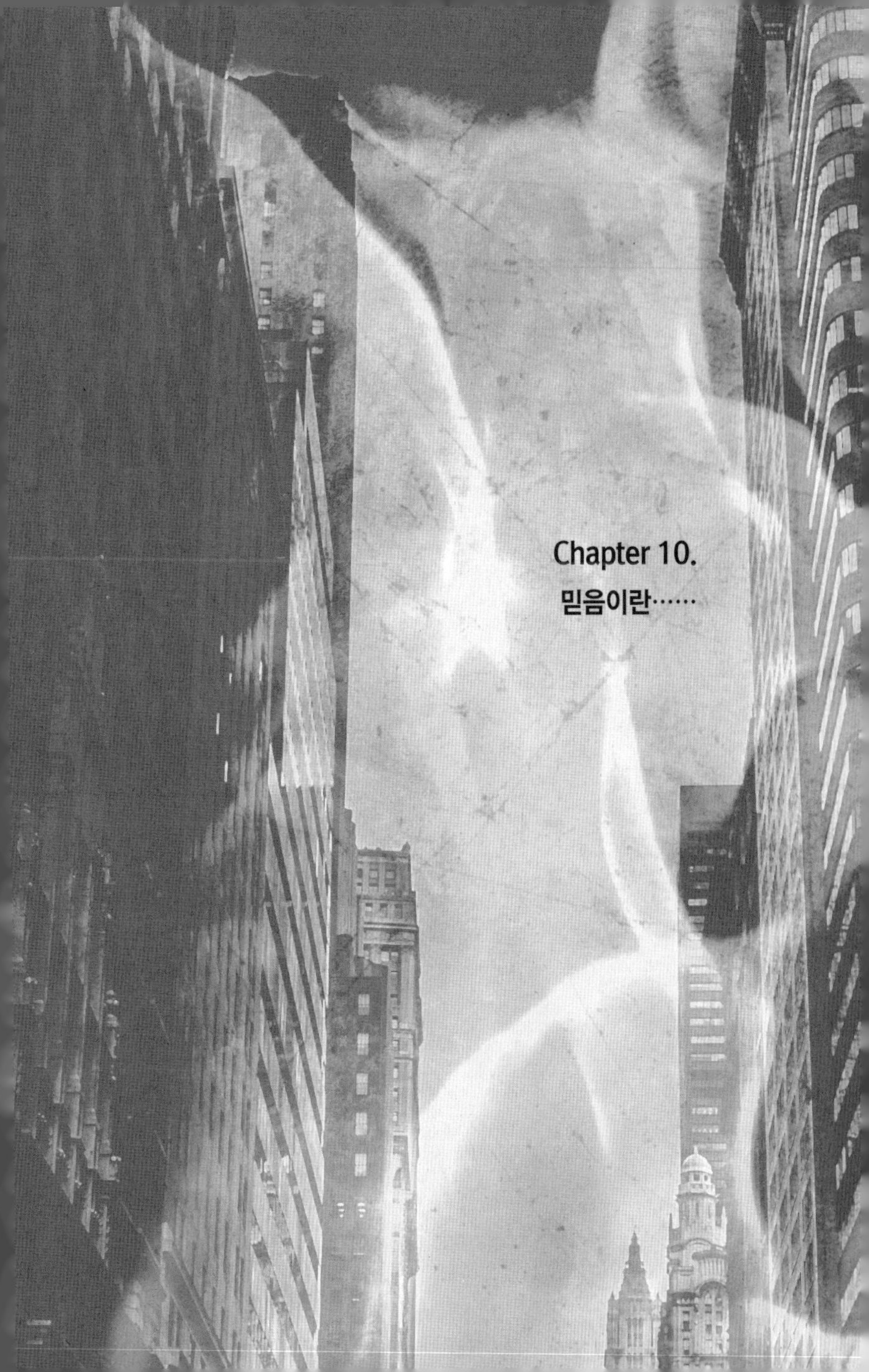

Chapter 10.

믿음이란……

도와달라니?

이게 무슨 귀신 씻나락 까먹는 소린가. 평상시답지 않은 말을 한 덕에 나도 놀랐고, 옆에 있던 운이철도 놀랐다.

가장 먼저 정신을 수습한 쪽은 이쪽이었다.

'뭔가 있다.'

지금까지 내가 알던 것과는 다른 뭔가가 있음을 바로 직감했다. 바로 물었다.

"자세히 말해. 당장. 아니 간략하든 뭐든 빠르게! 뭔 일이야!"

"후아…… 후…… 그러니까 그게……."

그렇게 이야기가 시작됐다.

* * *

꽤 길면서 짧은 이야기였다.

처음 이곳 길드에 왔을 때.

"사인만 하면 돼!"

"고작 이거면 되는 겁니까!?"

"물론!"

"당장 하겠습니다!"

신이 났었더란다. 아직 승인을 받지 못했다지만 길드는 길드. 곧 길드가 될 곳에서 자신을 받아준다는데 신이 안 났을 리가 있겠는가.

입소문으로는 여기 자라난 길드에 있으면 성장도 할 수 있다고 했다.

그러니 무슨 조건이든 받을 각오가 되어 있었더란다.

'강해지기만 하면 돼.'

실제로 그 불공평한 계약서에 호쾌하게 사인을 한 것도 그런 이유에서였다고 한다.

"저희 같은 사람들한테 강해질 수 있다는 거. 길드에 들 수 있다는 거. 그 자체가 큰 희망이고 꿈이니까요."

그래서 좋았단다.

"아흥!"

가끔 미친 듯한 훈련을 하는 덕분에, 자신도 모르게 신음이 비어져 나오는 것도 버틸 수 있었다고 한다.

때로는 자기가.

'내가 이상한 걸까…… 후…….'

보통 사람과는 다른 건 아닐까 하는 고민에 빠지기는 했었다지만, 그조차도 즐겼다고 한다.

"……진짜로 즐겼냐?"

"강해지는 걸 즐긴 겁니다! 그런 이상한 쪽(?) 말고요!"

"그, 그래……."

하여간 모든 게 좋았단다.

힘든 훈련도. 전투도. 다 좋았단다.

말로만 하는 게 아니라 항상 전투의 선봉에서서 달려 나가는 내가 좋았단다.

탱커를 해서 고통스러우면서도.

"잡았다!"

"우와아아아!"

해내는 느낌이 좋았단다.

길드원들과 파티를 짜서 사냥하고. 그 이상의 공격대에서는 탱킹의 중심이 돼 보기도 하고.

레이드를 나갈 때는 또 그 나름의 보람이 있었다고 한다.

탱커.

모든 몬스터들의 공격을 막고, 전열에서 버텨야 하는 고된 직업이 자신의 천직이 아닌가 싶을 정도였단다.

그리고 가장 좋았던 것은.

"……가족을 챙길 수 있게 된 게 좋았습니다. 더는 미래만 걱정하지 않아도 됐으니까요. 이제는 아직 헌터로 자리를 못 잡았다는 핑계를 댈 필요가 없었으니까요."

가족을 챙길 수 있게 됐다는 거였다.

비록 빚이라지만 장비가 생겼다. 내가 챙겨 줬던 장비가 그리도 좋았단다.

'이거면 돼. 이거면…….'

자라난 길드에서 사냥을 하다 보면 장비도 갚을 수 있게 될 거였다.

장비를 줘놓고도 갚으라고 압박을 넣지도 않으니, 결국 갚는 건 시간문제였다.

그러고도 남은 돈은.

"어머니. 소원 하나 있었죠?"

"응? 무슨 소원?"

"작은 가게를 하고 싶다고 하셨잖아요. 따라와 봐요."

헌터 관리원에서 나오는 대출까지 끼고서 작은 가게를

하나 내는 데 썼단다.

비록 빚조차도 보증금의 대부분으로 들어가고, 월세인 가게였다지만 그걸로도 좋았단다.

“이게 어머니 가겝니다. 평생 하고 싶으셨던 작은 가게. 대단한 건 아니지만…… 그래도 좋죠?”

“너, 너 이게! 어, 어떻게…….”

놀란 눈을 하는 어머니. 기뻐하면서도 또한 한편으로는 걱정을 하는 어머니였단다.

“이건 못 한다. 아니 안 한다. 네가 이, 이걸 하려고 어떻게 벌었을지를 내가 아는데!”

아들이 헌터다. 사냥을 해서 돈을 버는 걸 안다. 목숨 걸고 번 돈이다. 그런 돈으로 어떻게 가게를 차려준다고 좋다고 덥썩 받겠는가.

어머니의 마음이란 게 그럴 수가 없었다.

아들 걱정으로 일반인치고는 헌터에 대해서 잘 아는 어머니이기에 조언까지 덧붙였었다.

“차라리 이걸로 장비에 보태라. 그래야 네가 살지……. 내가 다 늙어서 무슨 부귀영화를 누리겠다고…….”

그 돈을 투자하라 말했단다.

자신을 위해서 쓰라 계속 말했단다. 다 늙어서 주책은 부리지 않아도 되니까, 이런 가게는 필요 없다고.

"……그런데도 드렸습니다. 거의 억지로 쥐어줬죠. 이미 계약 끝났다고요. 진상이 와서 힘들면 원망하지 말라고 농담까지 했죠. 하하."

"잘했네……. 잘했어."

박학수는 정말로 잘했다.

나는 없는 가족. 아니 없는 셈 치기로 한 내 가족에게는 일어날 수 없는 그런 일이었다.

"그렇게 쭉 행복할 줄만 알았습니다."

정말 행복하기만 했단다.

레이드를 나가는 것도. 죽을 수도 있다는 걸 알면서도, 내가 어떻게 해줄 거라 믿으며 웃으며 나갔다고 한다.

숨 쉬는 거, 보는 거, 먹는 거. 그 작은 사소한 거까지 축복을 받은 느낌이었단다.

그런데.

"이번 레이드 이후부터가 문제가 생긴 겁니다. 정확히는 이프리트가 쓰러지고 난 그 날을 기점이라 해야 할까요."

"뭔데?"

오랜만에 찾아간 가게. 어머니의 오랜 꿈. 박학수의 효심. 그런 고귀한 것들이 모여 만들어진 가게.

그 가게가 풍비박산이 나 있었다고 한다.

"어, 엄마! 이게 대체 무슨 일이야!"

성인이 되고는 어머니라고 줄곧 말해 왔지만, 다급해지니 엄마라는 말부터 나왔다더라.

가게는 다 망가져 있었고, 잔해가 있는 그 한가운데에서 어머니가 주섬주섬 가게를 치우고 있었단다.

"……."

아무런 말도 하지 않던 어머니.

그 어머니가 입을 연 건 한참 후였다고 한다.

"헌터들이 난리를 피우더라. 그걸 내가 막을 수가 있어야지."

"……신고는!? 신고는 했어!?"

"했지. 몇 번이고…… 근데 그게 무슨 소용이겠니……."

"하……."

헌터들이 말 그대로 난리를 쳤단다. 온갖 진상을 부렸다고 한다.

억지로 가게 인테리어가 이상하니, 무슨 문제가 있니 하면서 트집을 다 잡고서는 진상을 부렸단다.

경찰?

불렀지만 헌터가 이미 가고 난 뒤에 와서야 무슨 소용이겠는가.

"와도 소용이 없었겠지."

"예. 헌터 문제는 헌터 관리원에 넘기니까요. 법이 무슨 소용이겠습니까.”

“……후.”

때로 정부조차도 눈치를 보는 헌터 관리원. 여러 국회의원들도 후원을 해 주는 초대 헌터들.

그런 헌터들 덕분이라 말해야 할지, 헌터의 관리는 보통 헌터 관리원에서 한다.

무슨 경찰도 아니고, 검찰도 아니며 정부 조직도 아닌데 그게 당연시된 지 오래다.

‘썩은 부분이지.’

딱 박학수의 어머니 가게 문제도 그랬단다.

조사를 한다고는 했지만, 물어 봐도 헌터를 못 잡는다는 이야기만 나왔단다.

“안 잡는 거겠지.”

“맞습니다. 그래도 그때는…… 좋게 생각했습니다.”

살다 보니 별의별 진상도 다 있구나.

내가 요즘 행복하게 살다 보니, 괜히 질시를 하는 사람도 있구나.

라고 생각하면서 좋게 넘어갔다고 한다.

어머니는 싫다고 말하면서도, 상심이 커 보여서 가게를 다시 리모델링하도록 공사를 시켰다고 한다.

그렇게 넘어가는가 싶었는데.

"제안이 오더군요."

"스카웃 제의가 그때 들어왔다고?"

"예. 하하. 어이없지 않습니까?"

제안이 들어왔다고 한다. 자기들 쪽으로 오라고.

"소문도 들었습니다. 실력이 꽤 되신다죠. 그런데 자라난 길드가 신생이라 대우는 잘 못 받고요."

"하하. 대우랄 게 뭐 있습니까. 덕분에 먹고 사는데요. 괜찮습니다."

"아니, 아닙니다. 사람이 능력을 가졌으면 대우를 받고 살아야죠. 안 그렇습니까?"

"하하……."

어설프게 웃으면서 하는 말을 들어 줬단다.

그래도 결론은 당연히 거절.

"사실 기분이 좋기도 했었습니다. 그때까지는요. 제가 헌터로서 능력을 인정받은 느낌이었습니다. 스카웃 제의 아닙니까. 무려 스카웃 제의!"

"……이해는 해."

거절을 하면서도 참 기분이 좋았다고 한다.

내가 정말 자라난 길드에 들어오기를 잘했구나.

고작해야 스카웃 제의로 만족할 게 아니라, 자라난에서 아주 뿌리를 박고 더 커야겠구나 하고 생각하고 있었단다.

그런데 그 스카웃 자리의 마지막에 날린 한마디. 별거 아니라는 듯, 마치 귀찮은 파리를 쫓듯 무심하게 날린 한마디가 귀에 팍 박혔단다.

"……흐음. 근래 가족들은 편한지요?"

"……뭐? ……설마 너!?"

그때 직감했단다.

가게의 일. 헌터들이 깽판을 치고. 그 뒤로 잡지 못한다고 말을 하던 헌터 관리원의 일까지.

쭉 연결이 됐다더라.

"왜 그러십니까? 뭐 대단한 걸 물었다고…… 그냥 안부를 전한 것뿐인데요. 같은 길드원이 될 사이에."

"……."

심증이 생겼단다. 헌데 증거가 없었다.

사실,

"그리 깽판을 치면서 스카웃 제의를 하는 것도 웃기다고 생각했습니다. 그때는요."

그런 식으로 나오는 거 자체가 이해가 안 갔다고 했다.

깽판부터 치고 스카웃 제의라니.

차라리 스카웃 제의를 거절하고 그 뒤에 깽판을 치는 게 더 이치에 맞지 않나 싶었단다.

웃기는 노릇이라고 생각하며 넘어갔는데.

"……계속 일이 벌어지더군요."

비슷한 일이 계속 벌어졌단다.

세상의 모든 불운이 자신의 가족을 찾아오는 것처럼 느껴졌단다. 계속. 계속. 뭔가 일이 벌어졌단다.

하지만 심증은 있어도 물증은 없는 상태.

거기다 자라난 길드에 있다고는 해도, 홀로 거대한 길드에 대항을 할 수는 없다고 생각을 했단다.

"말을 하지 그랬어?! 말을 하면 됐잖아!"

"……어떻게 그럽니까. 하하. 받은 게 있는데…… 병신이…… 어떻게 여기서 길드장님한테 또 말을 하냐고요."

내 덕에 실력이 올랐다. 길드에 들었고. 살 만해졌다. 아니 행복해졌다. 그게 모두 은혜라고 생각했단다.

그런 상황에서.

"……어떻게 가족까지 챙겨 달라고 합니까. 흐흐…… 사람이 염치가 있어야죠."

가족까지는 챙겨달라고 말을 못 하겠다더라. 그렇게 하나씩 하나씩 무너져 갔단다.

"사람이 병신이 되는 거, 순간이덥니다."

목숨 걸고 싸우면서 쉽게 무너지지 않을 거라 생각했는데, 계속 시작된 불운에는 버틸 재간이 없었다더라.

그래서 제의를 받아들이려고 했지만,

"제가 끝까지 이기적인가 봅니다. 그냥 저만 가면 되는데…… 길드장님 더 힘들게 하면 안 되는데…… 안 그래도 일이 많으신데…… 조금만 도와주시면 안 되겠습니까?"

"……하, 병신."

어째 내 길드에는 이런 병신들만 모였을까.

하나같이 등신들만 모여 가지고는 어째서 서로를 믿지 못할까.

조금만 서로를 더 믿었더라면, 서로가 조금만 더 기댔더라면 쉽게 해결할 수도 있을 일이었다.

적어도 박학수보다는 내가 나서는 게 나았을 거다.

"……병신아, 길드원이 가족이지. 시바. 가족한테 말을 못하냐! 일어나라, 일어나. 너 혼자 책임지려고 하지 말고. 어서 일어나, 새꺄!"

그들을 믿었어야 했다. 다들 우물쭈물한 표정으로 떠나갈 때 뭔가 있음을 직감해야 했다.

씁쓸함을 느끼기보다는 그들에게 무슨 일이 있었음을 걱정해야 했다.

나는 믿음이 부족했다.

저들이 떠난다는 것만 생각하고, 그 속사정이 있을 거라곤 생각도 안 했다.

다들 쉽게 배신을 한다 생각하며 씁쓸해할 줄만 알았다.

그렇기에 가야 했다.

몸을 일으켰다.

다 부숴버리든, 상대 길드를 처박아버리든. 난장판을 피우는 헌터들을 처리하든 간에. 어쨌건 일어나야 했다.

"가자!"

당장 달려가려는 그 순간.

"아직입니다!"

나를 막는 목소리가 있었다. 운이철이었다.

"뭐가 아직이라는 겁니까!"

목소리가 커졌다. 여기서 운이철이 막을 줄은 몰랐기에 더욱 목소리가 커졌을지도 모른다.

그가 나를 막을 이유가 뭐란 말인가.

이해를 할 수도 없고, 이해를 할 생각도 없었다.

그런데도 운이철은 덥썩 나의 어깨를 잡아서 막는다. 모두가 멈춰 섰다.

'대체 왜!'

나의 우군. 죽이 되든 밥이 되든 끝까지 나와 함께할 운이철. 그렇기에 서로가 가장 믿는 존재.

그런 그의 반대에 당황하면서 동시에 몸을 돌렸다.

등을 돌리니 그가 보였다. 그를 바라봤다.

"……."

바라본 그의 눈은.

잔뜩 핏발이 서 있었다. 분노로. 또한 울분으로. 몸까지 덜덜 떨면서 분노를 하고 있었다.

그 모습은 마치 나와 같았다.

직감적으로 알았다.

방금 전까지의 내 분노한 모습과 지금 운이철의 모습이 전혀 다를 게 없다는 것을.

나만큼이나 운이철도 분노하고 있다는 걸 분명히 느꼈다.

같은 마음이다. 그나 나나.

차이는 하나. 나는 당장 달려 나가려고 하고 있었고 그는 당장은 아니라 말할 뿐이었다.

분노는 같은데 행동은 다르다. 이유를 들어야 했다. 적어도 같이 분노하고 있는 그였으니까.

"대체 왜 말리는 겁니까?"

"아직은 아닙니다. 당장 길드장님이 나설 수는 없습니다. 아시잖습니까?"

"……저기 저놈을 보쇼!"

손짓으로 박학수를 가리켰다.

우리가 분노라면, 그는 두려움으로 몸을 떨고 있었다. 행복이 깨어진 자의 두려움이 그대로 느껴졌다.

괄괄하기만 한 박학수. 때로는 말도 안 되는 신음으로 웃음을 주던 박학수가 무너져가고 있었다.

그런데도 어찌 가지 말라 말할까.

"지금 길드장님이 가지면 일이 커집니다."

"일이 커져도 해결을 해야지요."

"알잖습니까? 아직 준비가 덜 된 거!"

"머리로는 압니다. 그래도 움직여야죠! 길드원 일 아닙니까. 길드원 일!"

이 일에 내가 관련이 없을 수가 없었다.

아니, 확실히 나 때문에 일어난 일이다.

내가 길드를 만들고, 온갖 일을 벌이고 있으니 저쪽에서도 최대한 방해를 하려고 이 짓을 하는 걸 거다.

'정상수…….'

문득 천정의 길드장 얼굴이 스쳐 지나간다. 모든 일은 그 놈으로부터 시작되었다. 아니 더 깊숙이 들어가면.

'제니스지…….'

천정의 뿌리인 제니스였다.

실제로 이번에 길드원들을 스카웃해 간 곳은 여러 곳이었다. 한곳이 아닌 여러 곳이었기에 자연스런 스카웃이라 여겼다.

하지만 잘 생각해 보면, 그 모두가 제니스를 뿌리로 해서 나온 길드였다. 그도 아니면 길드 '항성'을 뿌리로 둔 길드였다.

항성과 제니스.

둘 모두 서로 여러모로 연관된 길드였다.

아니 정확히는.

'모든 거대 길드가 그런 식이지.'

거의 모든 거대 길드. 아주 오래된 길드들은 다 그런 식으로 연결이 돼 있었다.

지들끼리 접점을 만들고, 선을 대서 다 해먹은 지 오래인 건 다 알 만한 사실 아닌가.

그런 놈들이 대놓고 이쪽을 노린 거다.

작업을 하고, 가족을 건드리고, 길드를 내부에서부터 흔들고 있었다. 아주 집요하고. 잔혹하게. 또한 치졸하게.

그런데 어찌 가만히 있나.

다시금 움직이려 하는 나를 막는 건 운이철의 나지막한 목소리였다.

"길드장님은 안 됩니다. 절대로요. 하지만……."

"하지만 뭐요?"

날이 선 나의 목소리에도 운이철은 고저 없는 목소리로 답해왔다.

"준비한 패 중 하나를 일찍 꺼내면 될 뿐입니다. 아시잖습니까? 이때를 대비하기도 했으니까요."

"아……."

그의 말을 듣고서야 잃었던 이성을 찾은 느낌이다.

아니 정확히는 잊었던 존재. 분노에 차서 생각도 나지 않던 자들이 생각이 났다.

순간 머리가 환해지는 느낌이었다.

"쓰레기들은…… 쓰레기들로. 또한 쓰레기였던 자들로 처리하면 될 뿐입니다."

"예정보다 빠른 건 알고 있는 겁니까?"

"잘 압니다. 확실히요."

그들은 아직 예정에 없었다.

아직 준비가 덜 됐다 여겼다. 하지만 운이철의 생각은 다른 듯했다.

"생각보다 잘 하고 있는 거 같던니다. 그리고 꼭 모두를 꺼낼 필요도 없죠. 패 하나만 까면 됩니다."

"패 하나라……."

우리가 준비했던 많은 패들.

그중 하나의 패를 슬슬 꺼내들면 된다 여기는 듯했다.

"그 패 하나면…… 꽤 여럿 골로 보낼 수 있습니다."

"그거 마음에 드네요. 아주 많이요."

골로 보낼 수 있다라. 말 그대로의 이야기.

우리가 모아 놓은 많은 패들. 게임의 판도를 뒤집어 버리는 조커처럼 준비한 자들은 수도 없이 많다.

그중 하나를 꺼내드는 것만으로도 충분히 일은 해결할 수 있었다.

'아직 이르긴 하지만…… 그래도 좋지. 어차피 그러려고 모은 거니까.'

그리하면 내가 굳이 나서지 않아도 박학수의 가족들. 또한 그 외 길드원들의 많은 약점을 찌르고 들어오는 것들을 해결할 수 있을 거다.

분명히 가능할 거다.

그 정도 능력은 가진 자들을 모았으니까.

그래도 하나는 마음에 안 들었다. 다 마음에 드는데 딱 하나가 마음에 안 들었다.

그 마음을 솔직히 꺼내들었다.

"내가 나서지 않아도 처리가 되는 거, 알아서 잘 되는 건 좋은데 말이죠. 그래도 딱 하나는 이 손으로 해야겠습니다."

"뭐지요?"

"마무리. 당장 거대 길드 전체를 고꾸라트리진 못해도, 그들의 궂은일을 대신해 주는 새끼들은 내가 마무리를 해야 속이 편하겠습니다만은?"

아직 모든 패를 꺼내들 수 없다는 건 안다.

모든 패는 전장의 마무리.

우리가 만든 큰 계획의 제일 마지막에 드러내야 함을 알고 있다.

하지만 우리 길드원들을 건드는 새끼들만큼은 이 손으로 마무리를 해야 하지 않겠나?

다른 건 다 들어주더라도, 그것만큼은 나도 양보하지 못할 단 하나의 조건이었다.

“흐음…….”

운이철이 눈을 빛낸다. 그리곤 금세 답을 도출해낸다.

“얼마든지요. 제대로 판을 짜드리겠습니다. 아주 멋지게 마무리하도록요. 어떻습니까? 금방이면 될 겁니다.”

“……좋습니다.”

좋다. 당장은 이거면 됐다.

아주 만족스럽지는 않다. 솔직히 말해 마음속에 독기만 가득 찬 느낌이었다. 분노가 정제되는 느낌이었다.

독아를 꺼내들어서 상대편의 목 줄기에 콱—하고 박아버리고 싶은 기분이었다.

살의.

그 무엇보다 짙은 살의가 알아서 피어오르는 느낌이었다.

하지만 그럼에도 숨을 골랐다.

‘마지막…… 그래, 마지막이면 된다.’

지금의 모든 순간들. 감정들. 그런 것들을 조각을 새겨 놓듯 가슴속에 새겨 넣었다.

잊지 않기 위해서.

아니, 잊기는커녕 지금의 감정 이상으로 갚아 주겠다 맹세하며 마음을 담금질할 뿐이었다.

*　　*　　*

거대한 건물 안. 그 바깥으로는 모든 공간에 빼곡하게 높디높은 담벼락들이 둘러싸고 있었다.

바깥의 존재들.

정확히는 건물 바깥을 지키고 있는 자들을 제외하고, 건물 안에 있는 자들은 하루하루를 치열하게 보내고 있었다.

기계처럼 반복하는 수련은 예삿일. 매일같이 벌어지는 치열한 전투는 별것도 아닌 일에 속할 정도였다.

그럼에도 이곳이 아수라장이 되지 않고 이어지는 건 그나마 있는 최소한의 룰 덕분.

그도 아니면 이곳에 이곳을 강제로 집어넣다시피 한 운이철이나 김기환이 주는 두려움 덕분일지도 몰랐다.

그래도 어디 가서도 한 가락씩 하는 자들이 모여 있는 곳이었으니, 꽤나 아슬아슬하기는 했다.

당장도.

"사, 살려달라고!"

"안 죽어. 안 죽는다니까? 그래도 우리 쪽 애를 건드렸으면 벌은 받아야지."

상대를 지근지근 밟아주는 인물이 있지 않나.

"아아아악. 그만! 그만!"

"그러길래. 왜 그랬어."

훤칠한 얼굴. 호쾌한 말투로 이곳 사람들 여럿을 끌어들인 이준성이, 평상시와 다르게 독기 어린 표정을 하고 아주 사뿐히 즈려밟는다.

밑에서 버둥거리는 자는 이준성의 두 배 되는 덩치를 하고서도, 감히 덤벼들 생각을 하지 못했다.

사강(四强). 네 명의 강자 중에 하나. 그게 현재 이준성의 위치.

이곳에 올 때까지만 하더라도 다 죽어가던 이준성은 아주 물 만난 고기였다.

같이 열이 오른 철인과 더불어서 순식간에 주변을 부수고 다녀댔다.

강제로 대결을 벌여대고, 자기 세력으로 편입시키기도 하고. 그를 따라 들어온 부하들을 훈련이랍시고 굴리기까지!

이 안에서 꽤 여러 일을 벌이면서 지금의 자리까지 올라 선 거다.

유치하고 우스워 보이지만, 힘 하나 믿고 여기서 버팅기고 있는 자들에게 있어서는 강자란 건 꽤나 중요한 문제였다.

그중에서 수위를 다투고 있는 이준성이었으니 감히 덤빌 생각을 못 하는 거다.

“왜 우리 애를 건드려.”

“크윽…… 그래도 어쩔 수 없었다고!”

“왜? 니네 형님이 시키디? 아니 누님이라고 해야 하나. 응? 어디서 일을 벌여. 일을?”

“아아악…….”

한참 즈려밟고 있는데, 나지막한 목소리가 들려온다.

“……그 발 치우지?”

“여어? 호랑이도 제 말하면 온다더니. 아니 이번에는 여우가 제 말하면 온 건가?”

호리호리한 몸매.

한서은이 잘 단련된 암표범이라면, 이 여인은 천상 타고난 암사자였다. 게을러 보이지만, 일단 발톱을 드러내면 상대의 목 줄기를 따버리곤 하는 사자.

그것도 아주 매력적이어서, 여느 수사자들이 목에 침을

삼킬 만큼 아름다운 암사자기도 했다.

그런 암사자가 졸려 보이던 눈매를 날카롭게 뜨고서는 마지막 경고를 날린다.

"……치워. 마지막이야."

"알았다고. 알았어. 이쯤에서 해 두지."

"으읏……."

마지막으로 살포시 즈려밟고는 은근슬쩍 발을 치워주는 이준성이었다.

'오늘만 날은 아니니까.'

아직 저쪽을 고꾸라트릴 준비가 안 된 이준성이었다. 정면 대결을 벌일 생각은 없었으니 상대의 체면을 생각해서 적당히 물러나 준다.

그래도 궁금한 건 물어야 했다.

평상시 이쪽까지는 발도 디디지 않던 암사자가 모습을 드러냈으니, 그 정도 이유는 알아야 하지 않겠나.

"그런데 오늘이 무슨 날이시려나? 여기까지는 행차하지 않으실 텐데?"

"호출이야."

"호출? 그게 뭔데? 대체 여기는 어떻게 돌아가는데, 내가 모르는 게 이리 많아?"

"……와 보면 알아."

대뜸 말을 날리고서는 그녀가 먼저 움직이기 시작한다.

"같이 가자고!"

그 뒤를 냉큼 따라가 보는 이준성이었다.

Chapter 11.
호출

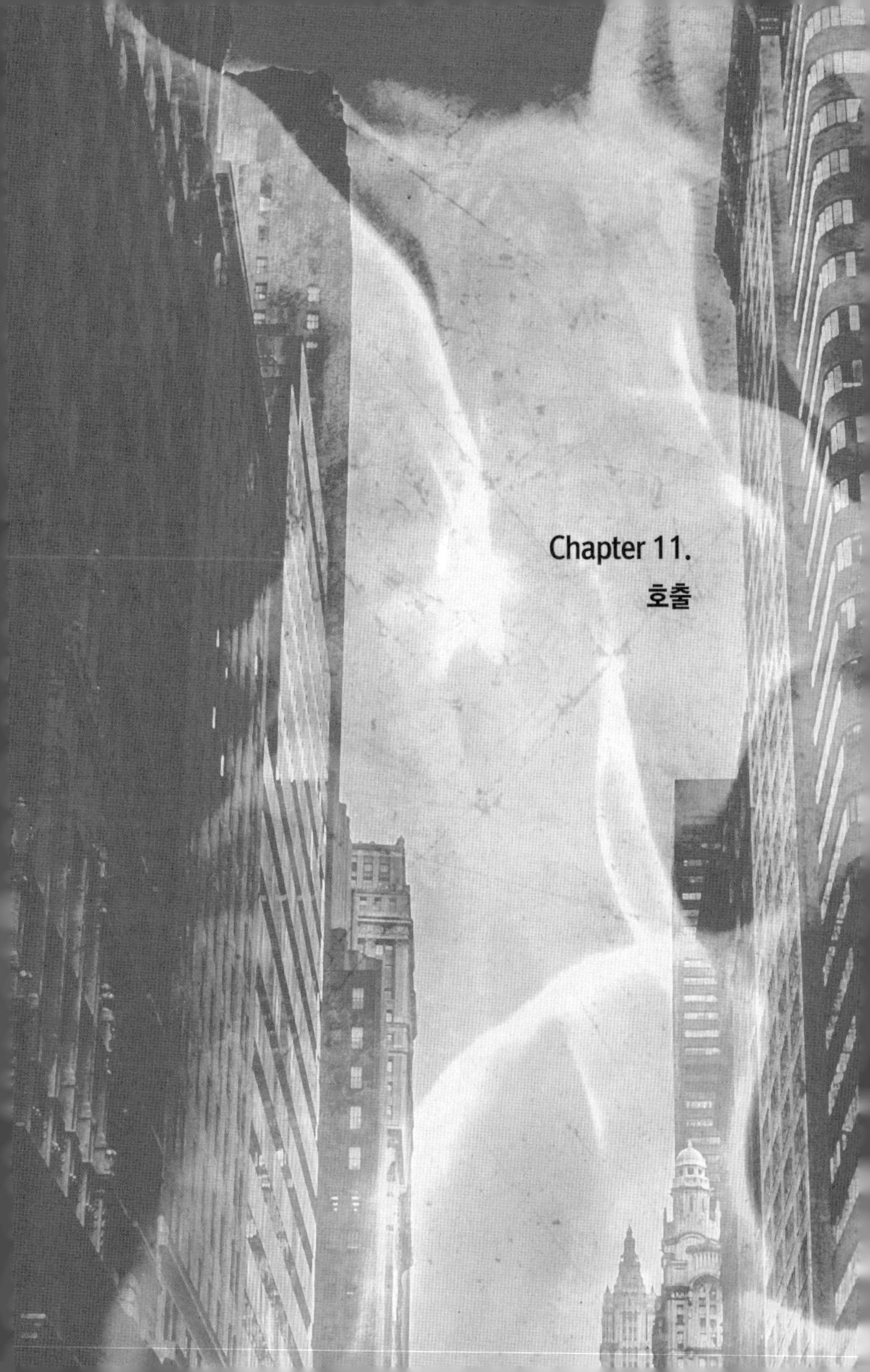

방 앞을 지키고 선 두 명을 스쳐 지나간다.

그 안에는 널따란 테이블이 있었다. 적어도 스무 명 정도는 소화를 할 만한 큰 테이블이었다.

이들이 있는 건물 자체가 그리 작지만은 않은 걸 생각하면 이 정도 테이블이 있는 것도 이해는 갈 만했다.

회의실로라도 사용했겠지.

하지만 이 장소에는 테이블을 채울 만큼 많은 이들이 있지 못했다.

딱 두 명. 철인 박인수와 박중식만이 자리를 차지하고 있었다.

둘 모두 가장 상석이라 할 수 있는 가운데 자리에는 앉지 못하고 있었다.

대신 상석의 바로 아래에 있는 두 번째 줄에 서로를 마주 보면서 앉아 있었다.

이준성은 그 의미를 척 보자마자 알 수 있었다.

"또 신경전 부렸어?"

"……."

"알 거 없다."

확실히 신경전을 부렸다.

오자마자 자신들이 상석을 차지하겠다고 투닥였을 게 눈에 훤히 보였다.

누구 하나가 양보할 리가 없으니 결국에는 상석의 바로 아래에 서로 마주 보는 걸로 결정이 났겠지.

암사자 김민희. 이준성을 데리고 온 그녀가 냉큼 둘에게 핀잔을 준다.

"하여간에…… 남자들은 다 커도 애라니까."

"그래도 만화 같지 않아? 평상시에는 저러지도 않는 사람들이 서로 만나기만 하면 저런다니까."

"너라도 안 그래서 다행이야."

그러면서 은근슬쩍 가장 상석에 가서 앉아버리는 김민희였다.

철인 박인수나, 박중식이 동시에 김민희를 노려본다. 왜 상석에 앉았냐는 의미였다.

노려보는 두 남자의 시선에도 그녀는 손을 흔들며 무슨 문제냐는 제스처를 취할 뿐이었다.

그러다 결국, 서로를 바라본 박인수, 박중식.

"……."

"……."

너 때문이라는 표정으로 원망하듯 서로를 바라본다. 하지만 달리 아무런 말을 하지 못하고 김민희를 그대로 둘 수밖에 없었다.

그 상황을 웃음 지으며 가만 바라보던 이준성은 냉큼 철인의 옆으로 가서 앉을 뿐이었다.

허리를 쫘악 뒤로 젖히고서는 편한 자세를 잡자마자, 묻는 이준성.

"그래. 무슨 일이야. 대체?"

그의 말에 답한 쪽은 김민희였다.

"호출이 왔어. 그쪽에서."

"그쪽이라고 하면…… 역시 자라난 길드? 김기환, 아니면 운이철?"

"후후. 역시 그분이지!"

사랑에 빠진 소녀와 같은 표정을 짓는 김민희였다.

이곳에서 암사자라고 불리는 그녀답지 않은, 너무도 순수한 표정인지라 철인과 이준성으로서는 얼이 빠질 지경.

지금까지의 그녀에 대한 이미지가 완전히 깨지는 느낌이었다.

"그, 그분이 누군데…… 설마 기, 김기환?"

답은 김민희를 대신해서 박중식이 해 줬다.

"……운이철이다. 암사자는 운이철이 여기에 데려왔지."

"후후."

운이철의 이름을 음미하듯 눈을 감는 김민희.

그걸 바라봐야 하는 철인이나 이준성으로서는.

'중증이다.'

'……미친 괴물 같으니라고.'

대체 그녀가 운이철의 무엇을 보고 매력을 느꼈을지를 알 길이 없었다.

짜악!

분위기를 정리하는 쪽은 박중식이었다. 그가 손뼉을 크게 한 번 치고는 바로 본론으로 들어간다.

"내용이나 설명하지. 애들을 좀 처리해달라고 하더군. 쉽지? 이준성 너 때와 같은 일이다."

"아아…… 그러니까 좀 처리할 애들이 있다? 사연은?

나 이상한 거엔 나서긴 싫은데?"

"……나쁘진 않더군. 운이철 그의 설명대로라면야."

짧게 설명을 해 준 박중식이었다.

자신이 라이벌로 여기는 철인을 제외한 이에게는 친절한 듯, 이준성에게 아주 잘도 설명을 해줬다.

자라난 길드원들을 상대로 저들이 벌인 짓. 덕분에 얻은 피해. 빠져나간 길드원들까지.

척 봐도 자신들이 당한 것과 그리 다르지 않았다.

"소인배 새끼들은 역시 어쩔 수 없는 소인배들이로구만. 그나저나 자라난이 그런 식으로도 당하기도 하네?"

"3인칭으로 쓰지 마라. 너도 이제는 길드에 속해 있잖나? 밝히는 건 나중이 되겠지만."

"……뭐 그건 그렇지. 그런데 누가 나갈 건데?"

순식간에 서로 눈치를 보기 시작한다.

이곳에서의 치고받고 하는 생활도 괜찮기는 하지만, 바깥으로 나가 보는 것도 또 다른 즐거움 중의 하나였다.

군부대에 아무리 좋은 시설들을 들여 놔도, 바깥의 후진 시설이 더 좋게 느껴지는 것과 같은 이치다.

선수는 김민희가 쳤다.

"박중식하고 박인수는 빠져!"

"왜?!"

"어째선가!"

서로 같은 말을 하고서는 째려보는 둘. 그 둘에 상관없이 그녀는 자기 할 말만을 할 뿐이었다.

"저기 막내 구할 때 둘이 나갔잖아? 응? 안 그래? 그때 나만 여기 지킨다고 못 나갔다고?"

"……."

"……그건 그렇다만."

이곳의 모두가 통제가 되는 게 아니다.

통제가 안 되는 자도 분명 있다. 그렇기에 한 명은 항상 남아 줘야 했다.

덕분에 지난번 이준성을 구할 때는 그녀가 나서지 못했었다. 박중식과 철인이 나서서 크게 한바탕 벌이고 나왔을 뿐이다.

다들 수긍하듯 말을 내뱉는데.

"그럼 어쩔 수 없나."

"이번에는 김민희가 나서는 걸로……."

중간에 끼어드는 자가 있었으니. 이준성이었다.

"아니 왜 내가 막내인데!? 거기다 내가 갈 수도 있는 거 아냐?!"

그의 말도 타당하긴 했다.

당장 여기서 실력이 단기간에 가장 강해진 자들이라고

하면 철인과 이준성 둘을 빼먹을 수가 없었다.

둘 모두 물 만난 고기라도 되는 듯 대결을 벌이고, 수련을 해대면서 들어오기 이전보다 심각하게 강해진 상태!

그렇기에 사강이라는, 우습지만 여기 있는 자들에게는 꽤 진지한 자리에까지 올라설 수 있었다.

고로 실력이야 이미 여기 있는 걸로 증명이 된 상태다.

거기다 철인과 박중식이 나갔다 왔다고 한다면, 이준성도 한 번쯤은 나갔다 오고 싶을 수 있는 것 아닌가.

그에게도 이곳에만 갇혀 있는 게 좋을 수만은 없으니까.

"아이들도 한번 보고 싶다고! 잘 데리고 있다고는 하지만, 눈으로도 보고 싶은 게 당연한 거 아냐?"

아이라는 말에 깜짝 놀라는 표정을 짓는 김민희.

"아이들? 벌써 유부남이었어?"

"……고아들이다. 나랑 같은."

"실수야. 미안."

"괜찮다. 어쨌거나 이번에는 나도 가봐야겠다고."

눈을 부라리며 남은 셋을 바라보는 이준성. 데려가지 않으면 무슨 일이라도 내겠다는 태도였다.

결국.

"애들 문제라잖아. 데려가야지."

김민희가 가장 먼저 수긍을 해버린다.

평소 암사자라고 불리면서, 여자의 몸으로 유일하게 이곳을 쓸어버린 그녀치고는 꽤 모성 어린 표정이었다.

철인이나 박중식도.

"어쩔 수 없나."

"다녀와라. 여기는 내가 지키고 있을 테니까."

"네가 아니라 내가 지키는 거겠지."

"헛소리."

"뭣!? 어디 한번 해 보자는 거냐!"

고오오오—

이능력을 끌어올리기까지 하는 둘.

어째 평상시의 모습답지 않게, 애같이 굴고 있기는 하지만 이준성이 나가는 데는 반대를 하지 않았다.

그의 사정을 내심 이해하고 있는 거다.

그렇게 예정보다 많은 인원이 나가게 됐다. 이준성을 따르는 쪽과 김민희를 따르는 자들이 나가는 것으로.

생각보다 큰 규모의 원정이 돼 버렸다.

"저기 애들 둘은 두고 바로 가자."

"그래. 그래. 그러자고."

*　　*　　*

그들을 불렀다. 와서 잘할 것을 안다.

철인을 포함한 그들은 우리와 같은 것들을 당했으니까. 모두 사연이 비슷하지 않은가.

그러니 와서 그 누구보다 열심히 뛸 것을 알고 있다.

하지만 당장 중요한 건 그런 게 아니었다.

"움직이죠."

"예. 준비해 뒀습니다."

우리가 차를 타고 이동한 곳.

그곳에는 다 죽을상을 하고 있는 박학수가 미리 와서 대기하고 있었다.

"……오셨습니까."

"당연히 바로 왔지."

그는 지금 상황이 자기 탓도 아닌데도 불구하고, 못내 미안한 표정을 짓고 있었다.

내게 도움을 받는 걸 부담스럽게 여기는 게 분명하다.

'내가 뭐라고…….'

다 같은 사람인데, 어려울 때는 서로 도와야 하는 거 아닌가.

그것도 같은 길드원이니 당연한 이야기다. 그런데도 저런 표정을 짓고 있으니 속이 쓰리다.

어깨를 툭툭 쳐 줬다.

감사하다는 듯 고개를 푹 숙이고서는 그가 안내를 시작했다.

넓지 않은 가게. 그래도 여기저기 손때가 묻어 있었을 게 분명한 가게가 한창 정리가 되고 있었다.

그런 가게의 한가운데에 데리고 가니, 박학수를 똑 닮은 분이 계셨다.

“어머님. 이분이 길드장님입니다.”

“말은 많이 들었습니다. 이런 곳에 이렇게 오시게 해서 죄송합니다.”

박학수처럼. 그의 어머니도 고개를 연신 숙이며 죄송하다 말한다.

“아닙니다. 미안한 건 저죠. 가지요. 여기 마무리는 업자들이 와서 해줄 겁니다.”

“……예.”

마지막이 아쉽다는 듯 박학수의 어머니가 가게를 슬쩍 바라본다.

“안심하세요. 언제고 여길 되찾을 수 있을 겁니다. 그렇게 만들 거니까요.”

“…….”

“……감사합니다.”

그렇게 박학수 모자를 데리고서 자리를 떠나간다.

마지막이라면서 'open'이라고 표시되어 있던 표지판을 'close'로 바꾸는 박학수 어머니의 심경이 어떨지가 가늠이 안 됐다.

자신의 꿈을 제 손으로 접어야 하는 마음은 대체 어떨까.

'슬프겠지…….'

단순한 나로선 단지 그렇게밖에 표현이 안 됐다.

지금 이 순간에 그런 일들은 여러 곳에서 일어나고 있을 게 분명했다.

박학수의 어머니처럼. 다른 거대 길드에 이리저리 당하고 있는 길드원들의 가족을 이곳저곳에서 데리고 오고 있으니까.

건들기 이전에 데려왔으면 가장 좋았겠지만, 뒤늦게나마 수습을 하고 있는 거다.

"가죠."

"예."

부우우웅

차가 시동이 걸리고 출발한다. 박학수의 어머니는 가게에서 멀어지면서도 그 작은 가게에서 시선을 뗄 줄을 몰랐다.

그런 그들을 보면서 결심했다.

'언제고 찾아 줄 겁니다.'

저들이 잃었던 모든 것을 찾아 줄 거라고. 이대로 물러서기만 할 건 아니라고.

나도 놀랄 만큼 묵직한 목소리로 물었다.

"……그들은 도착했답니까?"

"먼저 와 있다고 합니다. 둘이 왔더군요."

"둘이라…… 좋네요."

전쟁이라도 벌어지는 양, 길드원들의 가족들을 모두 대피시켰다.

싸워 줄 사람들을 불렀다.

그거면 충분하지 않은가? 당한 만큼 갚아야지!

* * *

박학수의 어머니를 데리고 들어가는 길.

아직까지도 자동차에 기본적으로 달려있는 라디오에서는.

—부산에서는 새로운 조직이 등장하여 사회에 혼란을 만드는 것으로……

뉴스가 한 줄기 흘러나온다. 마치 글귀처럼.

부산에 새로운 조직들이 생겨나고, 그 조직 때문에 사회에 혼란이 생긴다는 이야기.

그에 대한 내 평가는.

“개소리네요. 속사정 알 만한 사람들은 다 알 텐데 말이죠.”

“원래 그런 자들 아닙니까. 마침 이 방송도 헌터 관리원 쪽 라디오 방송이네요.”

“하여간…… 눈 가리고 아웅이라니까요.”

“그럴지도 모르죠. 후후.”

새로운 조직은 무슨.

새로 만들어진 조직이긴 하지만 완전히 없던 조직도 아니다. 그리고 그들이 사회적 혼란을 만들 이유는 없었다.

그들은 되레 정의로운 편.

자신들이 잃어버린 것을 찾으려 하는 쪽이지, 누군가의 것을 뺏거나 혼란을 조장하는 쪽은 절대로 아니었다.

왜 이리도 잘 아냐고?

‘이준혁의 것이니까.’

나의 사제.

나와는 다른 힘으로 새로이 올라가고 있는 사제가 만든 조직이니까.

그들 조직이 드디어 부산에서도 자리를 잡아서, 방송에 언급될 만큼 잘해내고 있으니까 잘 알고 있다.

‘잘하고 있다. 준혁.’

다른 이라면 모를까. 그 이준혁이 사회의 혼란을 만든다라? 개소리다.

'차라리 본래 있던 자들이 사회 혼란을 만들고 있겠지.'

단지 이준혁은 그런 자들을 징벌하고 있을 뿐이다. 자신만의 방식으로.

그 징벌의 방식에 나는 되도록 자제하고 있는 살인이라는 것이 들어가 있기는 하지만, 그거야 가치관의 차이일 뿐이다.

이 막장의 세계에서 살인이라는 죄목으로 이준혁을 악인이라고 하기에는 부족함이 많았다.

어차피 미쳐 돌아가는 세상이었다.

단지 거기서 이준혁은 약간 극단적으로 갈 뿐이었다.

그래도 다행인 점이 있다면 그의 옆에 있는 이유정 자매가 그가 흔들리지 않도록 잘 잡아주고 있다는 것.

또한 조직이 만들어지고 여유가 생기게 되니.

'본래 성격이 드러난달까.'

항상 진지해 보이기만 했던 이준혁. 그의 얼굴에도 조금씩은 여유가 생기고 있다는 게 다행이었다.

잠시였지만 마지막으로 본 그는 분명 전보다는 한참 여유로워 보였었다.

힘든 일을 하는 와중에도 여유를 가지고 있다는 거. 다행인 일이 아닌가.

생각이 나와 비슷했는지, 운이철도 가만히 있다가 좋은 평을 해 왔다.

"그래도 준혁 군 쪽이 확실히 잘하고 있어서 다행이네요. 이쪽이 일을 크게 벌일 때에 저쪽에서 못 따라와 주면 큰일이거든요."

"그놈도 괴물 아닙니까. 애당초 못 할 거 같지는 않았습니다."

"하기는 그렇죠……. 길드장님하고는 다른 의미로 '포식자' 였으니까요."

포식자라. 하기는 그놈과 나는 비슷하면서 다르다. 나는 화염이라면 녀석은…… 전혀 다른 쪽이었다.

'뭐 거기까지 생각할 필요는 없겠지.'

지금 중요한 건 그의 능력이 아니었다.

그가 멀리 부산에 있으면서도 우리와 손발을 잘 맞추고 있다는 것.

나중에 가서 우리가 그린 큰 그림에서 좋은 퍼즐 조각이 돼 줄 수 있다는 게 중요했다.

그 뒤? 그 뒤는 서로의 목표를 향해서 더 열심히 뛰겠지.

단지 그뿐이다.

"어쨌든 이쪽도 분발은 해야겠네요. 사제한테 사형이 밀릴 수는 없지 않습니까?"

"후후. 안 그래도 그럴 겁니다. 그나저나…… 저쪽도 꽤 높이 올라왔군요."

"흠? 아아……."

운전은 운이철이 하는 상태로, 그 옆에서 앉은 나는 이준혁에 대해서 한창 평을 하면서 가고 있으려니 창밖으로 높이 올라가고 있는 건물이 보인다.

'천정…….'

천정의 본부가 세워지고 있는 곳이었다.

일부러 피하는 것은 아니지만, 천정에 가까이 가서 볼 일이 뭐 있겠는가.

해서 꽤 오랜만에 보는데, 그 건물은 생각 이상으로 높아져 가고 있었다.

'인부 빼먹더니 효과가 나긴 나네.'

온갖 더러운 짓으로 인부들 빼가고, 길드원들 빼가는 데도 한몫한 천정 아닌가.

소인배 짓거리는 아주 꼴리는 대로 다 하더니, 건물도 잘도 세우고 있었다.

우리가 이호준 소장을 데려왔었듯이 이들도 이호준 소장같이 이능력으로 건물 세우는 자를 데려온 게 아닌지 의심이 들 정도의 속도였다.

'마음에 안 들어.'

슬쩍 차 한가운데에 박혀 있는 시계를 봤다.

12:05

딱 좋은 시간이다. 점심시간 아닌가.

공사장 인부 일 같은 건 안 그래도 점심시간이 빠르기도 하다. 새참도 먹기도 하고.

고로 지금은 한창 점심때라는 소리.

"보자…… 저 안에 사람들 없겠죠?"

"예. 그럴 겁니다. 이능력으로 대충 살펴봐도 없으시잖습니까? 그런데 왜요?"

운이철의 말대로 이능력으로 슬쩍 살펴도 안에는 사람이 없다.

다들 밥을 먹으러 움직인 것이 분명했다!

웃음이 슬쩍 비어져 나온다.

"흐흐. 그렇단 말이죠."

사람도 없다. 마음에 안 드는 건물은 올라가고 있다. 안 그래도 우리는 전쟁 상태다. 전쟁에 수단방법 가릴 필요가 있겠는가.

그리고 가장 중요한 건.

'난 호구가 아니지.'

이준혁이야 정진정명하는 모습을 보일지 몰라도, 이쪽은

아니었다.

뭐 이리 서두가 기냐고!?

퍼어어어어어엉—!

내가 보낸 이능력이 쏘아질 때까지는 시간이 좀 걸렸거든!

"어맛!"

"어어엇. 저, 저거."

뒤에 타고 있던 박학수와 그의 어머니가 잔뜩 놀란다.

가장 먼저 건물 위의 크레인부터 터지기 시작하더니, 그 아래도 순식간에 불타오르기 시작한다.

거대한 폭발이었다.

그러면서도 특이한 건 주변에 건물들에는 전혀 피해를 주지 않는 폭발이었다!

피해는 천정의 건물과 그 옆 천정이 임시로 가지고 있는 건물의 유리창이 깨어진 정도였다!

마치 누군가 조작을 한 것과 같은 광경!

그 광경을 가만 바라보면서 뿌듯함과 함께 잔뜩 신이 난 표정을 지었다.

"우와. 잘도 터지네요. 그쵸?"

"……길드장님이죠?"

다 눈치를 챘다는 듯 슬쩍 나를 바라보는 운이철.

"설마요. 제가 그런 짓을 하겠습니까? 성격 파탄자도 아니고!"

"……설마가 항상 사람을 잡는 법이죠."

말로는 불만을 가진 듯하면서도 슬쩍 미소를 지어 보이는 운이철이었다.

스으—

그러면서 차분히 그가 차의 속도를 줄이기 시작한다.

'더 구경하려고 그러나?'

불구경이라도 하려고 하는 건가 봤더니, 운이철이 속도를 늦춘 건 그런 의미에서가 아니었다.

불구경보다 더 재밌는 천정 길드원들을 구경하기 위함!

마치 기다렸다는 듯 천정의 임시 본부에서 길드원들이 쏟아져 나오기 시작한다.

"무슨 일이야!"

"모르겠습니다. 갑작스러운 폭발이!"

"119는! 아니 그 이전에 사람들은!?"

"대피할 것도 없었습니다. 다행히 점심시간인지라……."

이능력으로 향상된 오감으로 잘도 멀리서 난리를 피우고 있는 그들의 목소리가 들려온다.

다급함. 당황스러움. 놀람.

그런 감정들이 잔뜩 섞여 있었다. 참 좋은 구경이었다. 그 광경을 한참 바라보다가.

"저 타오르는 불도 흡수하고 싶지만, 역시 그건 무리겠고. 이만 가죠? 후후."

"예. 바로 모시겠습니다."

슬쩍 차에 속도를 더해서 떠나기 시작하는 우리였다.

아, 참고로 한창 난리 치고 있는 천정의 길드원들과 간부들에게.

"거, 조심스레 공사해야지! 안 그런가? 응?"

슬쩍 약 올려 준 건 덤이었다. 덤.

"너, 너! 설마!"

"뭔 설마야! 우연이라고. 우연. 이쪽은 간다!"

나를 바라본 천정 행동대장 찬수가 뒷목을 잡고서 쓰러지려고 하는 건 완전 보너스였고!

* * *

끼이이익—

길드 본부에 도착하자마자 바로 내렸다.

내리자마자 달려오는 자가 있었으니.

"철 님!"

"……헛."

김민희었다.

나에게 달려 온 것은 절대로 아니었다. 보란 듯이 운이철을 노리고서는 마치 찜하듯이 순식간에 찰싹 달라붙었다.

'……진짜였네.'

전에도 얼핏 들었다.

철인이나 이준성을 데려다 놓은 곳에 자신에게 호감을 가진 여자가 하나 있다고 했었다.

꽤 강한 여자라고도 들었다.

철인처럼. 거대 길드를 만들려고 하다가, 무너졌었다던가.

그 뒤로 반항하듯 온갖 불법적인 일을 하고 다녔지만, 그래도 인간적 도의는 잊지 않던 여자라고 들었다.

그런 여자가 마치, 70년대의 구식 영화처럼 '철 님!' 하고 운이철에게 달려드는 그 장면이란.

'모순이여…….'

뭔가 생각지도 못한 광경이라는 모순성이 주는 충격이 있었다.

"……."

그 광경에 나도, 박학수도, 그리고 그의 어머니도 아무런 말을 하지 못하고 멍하니 있으려니.

“흐유…… 진짜 그러네.”

한숨을 푹 쉬고 있는 자의 목소리가 들려왔다.

호남형의 얼굴. 딱 봐도 사람 몇은 이끌 거 같은 카리스마. 어째 험한 일 좀 겪은 거 같은 흉터까지. 익숙한 얼굴이었다.

“여! 이준성! 도착했다고는 들었지만 바로 올 줄은 몰랐네.”

“저기 저, 김민희가 운이철 보겠다고 극성이었으니까…… 바로 왔다.”

“애들은 봤어? 우리가 맡고 있는데?”

“……그건 고맙다.”

그가 고개를 푹 숙여왔다. 진심으로 고마워한다는 게 느껴졌다.

“약속이었으니까. 네 사람들을 보호해 주는 게.”

“생각 이상으로 잘해 줘서 놀라웠을 뿐이야. 애들도 만족하더군. 내가 해 줄 때보다 더.”

자신이 보호하던 고아 아이들을 보호해 준 게 그는 진심으로 고마운 듯했다.

‘뼛속까지 착한 놈.’

겉으로 드러난 흉터와는 다르게, 착한 놈이다. 이준성이라는 놈도.

온갖 고생을 헤쳐 오느라 말은 좀 험할지 몰라도, 그 안의 속은 따뜻한 놈이란 소리다.

어쨌건 우리는 그에게 약속한 걸 전부 해 줬다. 그의 조직원들도 헌터 관리원들의 헌터로부터 구해 줬고, 아이들도 잘 맡아 주고 있다.

이제 그 다음은 그의 차례였다.

"그럼 이제 네가 약속을 지킬 차례라는 건 알겠지?"

"물론! 말만 하라고. 누가 길드를 건드렸는지는 몰라도 다 털어줄 테니까!"

"좋아. 바로 가서 이야기 해 보자고…… 저기 저 둘은 일단 두고."

"……그래."

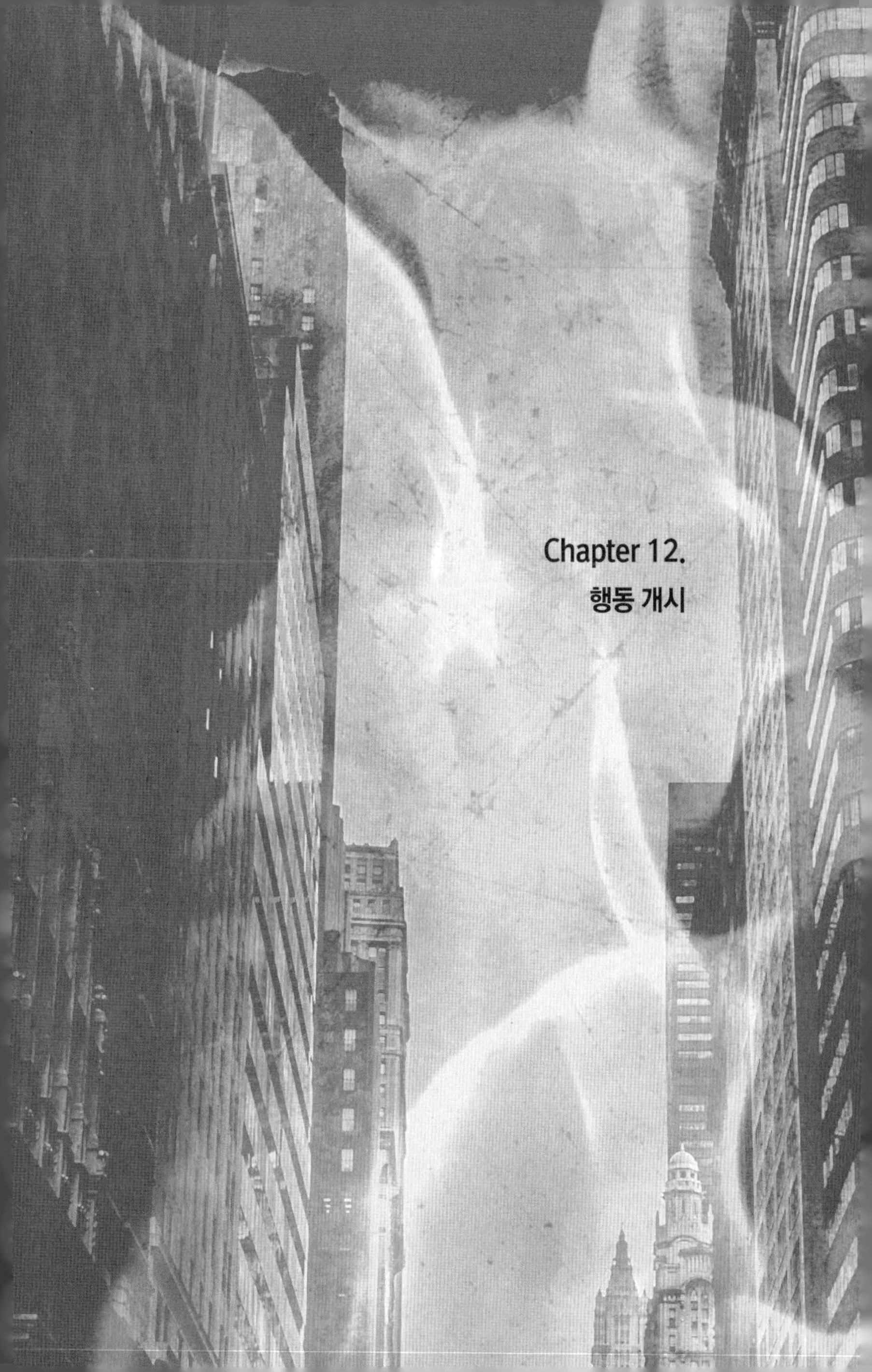

Chapter 12.
행동 개시

운이철 쪽은 당황해하고, 여자 쪽은 아주 진득하게 들러붙는 묘한 광경.

운이철이.

'구해 주시죠. 제발!'

진심으로 구원을 원하는 표정을 하고 있지만, 그건 그대로 두고 왔다.

당장 저기서 끼어들었다가는 아주 진. 득. 한 성격을 가진 김민희의 원한이라도 살까 무서웠다.

"박학수. 어머니 지내실 곳 안내해드려. 아, 그리고 어머니도 편히 쉬고 계세요. 금방 끝날 수 있을 겁니다. 여기서 가게 내신다고 하면 도와드릴 거구요."

"아아…… 고, 고맙습니다."

어쩐지 감동을 해 버린 박학수의 어머니.

박학수도 감사한다는 듯 고개를 꾸벅 숙여 온다.

"아닙니다. 오시자마자 흉한 꼴 보여준 게 못내 죄송스럽네요."

여기서 흉한 꼴이란 운이철과 김민희의 이야기.

"……아뇨! 젊었을 때는 한창 불타오를 수도 있죠. 저도 한때 그이랑……."

"큼큼…… 어머니. 들어가죠."

헌데 어째, 박학수의 어머니도 꽤 찐한 젊은 시절(?)을 보내셨던 거 같다.

그이랑 대체 한때 어찌 보냈는지가 궁금하기는 하지만, 박학수의 단호한 태도를 보아하니 그 찐한 스토리는 들을 수 없을 듯했다.

"가봐. 고생했어."

"아닙니다. 그리고 정말로 감사합니다, 길드장님. 정말…… 진심입니다. 이건……."

"됐어, 인마. 이쪽도 제대로 해준 거 아직 없다고."

"그래도……."

"들어가 봐라. 어머니 멀리 오셨는데 피곤하시겠다."

"……예. 무슨 일이든 시키면 꼭 해내겠습니다. 그거라도…… 꼭요. 정말 감사합니다."

"짜식. 가, 인마."

"넵!"

박학수는 어차피 같은 길드원이다. 어머니의 일을 해결함으로써 나갈 일도 없어졌다. 앞으로도 같이할 거라는 소리다.

그리고 앞으로 온갖 일을 해낼 내 옆에 있다 보면.

'고생길이 훤하지.'

힘든 일이란 일은 다 겪을지도 모를 일이었다.

그걸 모르는 것도 아닐 거였다. 어쩌면 길드원들이 당한 이번 일은 전부 내 탓일지도 몰랐다.

그런데도 감사하다고 몇 번이고 고개를 숙이고 있는 박학수를 보자면, 내심 사람 하나는 제대로 얻은 기분이었다.

'그래. 이렇게 하면 되는 거지.'

이렇게 사람을 얻어가고, 모으고, 그들과 함께 나가면 되지 않겠는가 하는 생각이 들었다.

나 같은 찌질했던 사람도 꽤 큰일을 해낼 수 있을 거 같은 기분이었다.

내가 모자라도 채워 줄 사람들이 있으니까.

들어가는 박학수를 끝까지 바라보다가, 고개를 돌렸다. 그곳에는 나를 부러운 듯 바라보는 이준성이 있었다.

"당신, 꽤 하네?"

"당신이라니. 아무리 그래도 여기서는 존댓말 써줘야 하지 않겠냐? 명색이 길드장이라고. 넌 비공식이지만 길드원이고."

"칫…… 알겠습니다. 어쨌건 우리가 이제부터 할 일은 뭡니까?"

"그건……."

* * *

"전쟁입니다!"

워(war)! 전쟁 그거슨 전쟁! 결코 다시 전쟁!

이라는 농담 아닌 농담도 있었지 않나.

사실은 전쟁을 벌이지 말자는 이야기였지만, 왜곡된 해석이 만든 이야기였다.

'그런 게 중요한 게 아니지.'

하기는 지금 중요한 건 그런 게 아녔다.

이번에는 잘못된 해석이고 왜곡이고 그런 게 없었다. 진심으로 전쟁을 벌여야 하는 상황이었다.

낭랑하게 울려 퍼지는 운이철의 말처럼 그때가 왔다.

"후후. 어디서부터 털면 될까요?"

팔 하나로 합의를 봤는지, 운이철의 팔을 꼬옥 잡고 있는 김민희가 웃는 낯으로 무서운 얘기를 해 온다.

"전면전은 무리더라도 건드리면 안 된다는 건 보여줘야 하지 않겠습니까."

"맞아요!"

"그러니 저들이 동원한 쪽은 다 털어 줘야죠."

"어머…… 맞는 말이에요!"

"하성 같은 끄나풀 정도가 아니라, 꽤 강한 세력을 털어야 할 겁니다. 물론 드러나지 않게요."

"맡겨만 주세요!"

잘도 맞장구치는 김민희.

'……정말 암사자 맞나.'

그녀의 별명은 말 그대로 암사자.

그녀가 암사자처럼 매끄럽게 단련된 몸을 가져서 그녀의 별명이 암사자가 아니다.

그녀의 이능력 때문에 지어진 별명이었다.

마치 암사자처럼!

줄기줄기 뻗어나온 이능력의 발톱을 사자처럼 휘둘러 대고.

이능력을 이용한 괴력으로 암사자가 멱 줄기를 따듯 전광석화로 움직이는 그녀의 몸놀림 덕에 지어진 별명이 암사자였다.

그런데도 지금은 어째 여전사의 이미지를 가진 암사자와는 거리가 멀었다.

굳이 묘사하자면 멋진 갈기를 가진 수사자에 포옥 빠져 있는 그런 암사자. 사냥을 다 하고 포식한 덕에 공격성이 누그러진 암사자 정도랄까.

여기서 포식이란.

'……운이철의 팔짱이겠지? 비싸게 먹힌 거 같기도 하고…….'

안 그래도 운이철의 마수(?)에 빠져서, 그에게 홀린 여자를 내가 꽤 여럿 봤지 않은가.

헌터 관리원의 연구소에도 그의 마수에 빠진 여인이 있고, 길드원 중에서도 꽤 여럿 있는 것으로 알고 있다.

그런데 여기에 김민희까지 추가가 되다니!

운이철이 좋다는 여자가 너무 많아서 그가 페로몬이라도 뿌리고 다니는 게 아닌가 싶을 정도다.

'……좋은 건지 나쁜 건지.'

이서영과 한서은 사이에서도 완전히 갈피를 못 잡고 있는 나로서는, 그의 지금 상태가 부럽기는커녕 심히 걱정이 될 정도였다.

어째 이대로 가다가는 길드 내에서 일어나는 가장 큰 내분이 운이철을 둔 여자 길드원들의 쟁탈전이지 않을까?

여기에 덤으로 운이철을 좋아하는 여자 길드원을 좋아하는 남자 길드원이 있다면?

내분은 더욱 커지게 될 거고!

'와! 상상만 해도…….'

아찔하다. 진심으로.

그런 날은 꼭 없기를 바라면서, 운이철의 자세한 설명들을 새겨들었다.

"공식적으로 나서면 안 되니까 크게는 움직이지 못합니다. 그래도 다행인 건 이준성 씨나 김민희 씨가 있다는 거겠죠."

"어머."

"그러니, 저희는 암중으로 꽤 여럿을 쳐야 합니다. 저들이 하는 작업도 그대로 돌려줘야겠죠."

"……맡겨 주세요!"

꼬옥.

갈수록 노골적으로 붙어가는 김민희.

"어휴, 눈꼴시려. 어디 솔로는 서러워서 살겠나. 쯧."

그걸 불만스레 바라보는 이준성의 말에 잔뜩 공감을 하

는 건 덤이었다.

*　　*　　*

그날도 그는 좋았다.

환락의 밤거리. 그 밤을 밝혀 주는 네온사인 아래로 걸어가는 그는 세상의 주인공이 마치 자신이 아닌가 싶을 정도였다.

적당히 들어가 있는 술에 올라오는 취기. 주머니에 두둑하니 꽂혀 있는 봉투는 그런 그의 기분을 더욱 업해 주고 있었다.

"허허이…… 좋은 게 좋은 거 아닌가? 또 잘해 보자고."

"하하. 안 그래도 덕분에 편히 잘 다니고 있습니다."

"그래, 그래. 그래도 너무 크게 일 벌이지는 말고. 알지? 이쪽도 수습하는 거 꽤 힘들거든."

"여부가 있겠습니까."

거기다 바로 옆에서 마치 입속의 혀처럼 그를 부축하고서도, 잘도 아부를 떨어대는 지혁수의 모습을 보고 있다면.

'헌터 되는 게 뭐 중요하나. 사냥터 나가봐야 죽는 거지. 관리원이 좋지. 관리원이…….'

헌터 관리원의 남필경 팀장으로서는 전에 없던 짜릿함까

지 느껴질 정도였다.

현재 어딜 가도 가장 칭송받는 직업이 바로 헌터 아닌가.

그런 헌터가 이능력도 없는 자신에게 아부를 하는 느낌이란. 어디서도 받지 못한 흥분이 느껴질 정도였다.

로또를 타는 것보다도 더욱 벅찬 기분!

이능력자에 대한 비이능력자로서의 열등감이랄까.

그런 저열한 감정이 지혁수의 손이 비벼질 때마다, 아부를 들을 때마다 씻겨 내려가는 느낌이었다.

"허허. 그래. 그래. 잘하라고. 좋은 게 좋은 거니까."

"하하. 옙! 옙! 물론입죠!"

세상 중심이라도 되는 듯 행복함을 느끼며 네온사인 아래를 지나간다.

한 걸음, 한 걸음 내디딜 때마다, 스타들이나 걸어본다는 레드 카펫 위에서 걷는 느낌이 들었다.

진정 짜릿했다.

'어디를 갈까. 어디를…….'

이 짜릿한 기분을 남필경은 더 느끼고 싶었다.

새벽 두 시. 늦은 시간이지만 벌써 돌아가기에는 너무 신이 나 있었다.

다음 날 이어질 마누라의 잔소리보다도, 지금 느끼고 있는 짜릿함이 더욱 중요했다.

그래설까.

너무 집중을 해서인지, 자신의 옆에 누군가 다가오기까지 아무런 인기척을 느끼지 못했다.

“어머? 뭐가 그렇게 좋으실까?”

“어억?”

놀라서 옆을 바라 본 남경필.

‘뭐야?’

누가 다가왔다는 인기척을 느끼지 못했던지라, 놀랄 수밖에 없는 그였다.

하지만 그 놀람이 다른 의미의 놀람으로 바뀌는 데는 시간이 얼마 걸리지 않았다.

머리끝에서 발끝까지.

거나하게 취한 주제에도 그의 눈은 바쁘게 자신에게 다가온 여인의 몸을 훑느라 바빴다.

짧은 치마에 살짝 파인 옷, 그 아래 드러나는 라인이 주는 매끈함이란.

‘자, 장난 아닌데!’

인기척도 없이 다가왔다는 것에 대한 놀람을 잊게 하기에는 충분했다.

이미 늦은 지 오래이건만, 그가 짐짓 점잔을 빼면서 물어온다.

"허, 험. 다 일이 있어서지. 큰일 하는 사람이 어디 그런 걸 말하겠나?"

"어머? 큰일 하는 사람이었어요?"

슬쩍 반걸음.

달라붙은 것도 아니건만, 그 반걸음을 다가왔다는 것만으로도 그로서는 왠지 모를 짜릿함이 들었다.

왜 그런지는 알 수 없는 노릇이었다.

"어? 어어…… 그렇지."

어째 끌려다니는 느낌.

'내가 끌고 가야 하는데…….'

처음 보는 여인한테 휘둘리는 느낌이었다. 작게 위압감이 느껴지기까지 하는 건 착각이었을까?

그에 상관없이 그녀가 홀리듯 슬쩍 귓속말을 던진다.

"우리 저기 갈까요? 저기 가면 좋은 거 있는데……."

"어? 좋은 거? 흐흐……."

좋은 거.

참 많은 의미로 쓰일 수 있는 말인데도, 남경필은 자기 해석하고 싶은 대로 해석을 해버렸다.

'좋은 거란 말이지. 흐흐.'

뭔가 이상하다는 걸 생각해야 하는데 앞뒤를 가리지도 않는다.

"흐흐. 그럼 가자고. 어이. 혁수. 같이 가는 거지?"

"헤헤. 여부가 있겠습니까!"

옆에 있는 지혁수는 뭔가 미심쩍음을 느낀 듯했지만, 따로 내빼거나 하지는 않았다.

딜러로서 이능력을 타고난 자신의 힘을 믿고 있는 게 분명했다.

"그럼 여기로 가요. 후후."

여인이 이끄는 곳은 네온사인을 넘어 있을 법한, 어두운 골목길이었다.

* * *

그런 곳은 많았다.

큰 대로는 네온사인으로 반짝반짝할지라도, 그 안 골목길은 쥐떼라도 돌아다닐 만큼 시궁창 같은 곳. 도시 어디에서나 흔히 볼 수 있는 광경이었다.

'뭐 이리 어두워. 이런 데도 술집이 있나.'

남경필로서는 뭔가 이상한 낌새를 느낄 때쯤.

퍼어어억!

"어억!"

그의 뒤통수를 후려치는 매서운 손길이 있었다.

개구리가 쓰러지듯 풀썩 양팔, 양발을 넓게 펴고 쓰러지는 모습이 가관이긴 했다.

그 꼴을 만들어낸 여인은.

"어머…… 코뼈가 나갔으려나."

잘도 여유를 부리고 있었다.

화아아악—

괜히 딜러로 먹고사는 건 아니라는 듯, 남경필의 옆에서 아부나 하고 있던 지혁수가 순식간에 이능력을 불러일으킨다.

술이 확 깬 듯, 붉었던 얼굴이 순간적으로 창백하게 변한다. 혈색이 돌아오곤 정상인의 낯빛이 된다.

그리곤 바로.

"너 뭐야!"

후웅—

팔을 휘두르며 달려든다.

딜러. 그것도 몸 그 자체를 강화시켜서 사용하는 흔치 않은 딜러가 지혁수였다.

몬스터를 상대로는 약해도 사람을 상대로는 강한 모습을 보이는 헌터가 그이기도 했다.

이런 일로 몇 번 굴러먹던 그로서는 놀랄 것도 없이 바로 달려들 뿐이었다.

"이년!"

그로서는 자신감도 있었다.

뒷골목을 전전하고, 조직에 들어오고도 온갖 일을 당해봤던 그로서는 이런 일에는 이골이 나 있다 여겼다.

'사람을 잘못 골랐어. 어딜 시답잖은 게.'

그래서 우선 선공부터 날리고 본 거였다.

상대가 볼일이 있는 건 지혁수 자신이었으니까.

하지만.

터억.

여자가 그의 손을 잡아챘다. 그는 보지도 못했는데 순식간이었다.

여인의 손이 사라졌다 싶었는데, 어느새 그의 손을 잡고 있었다. 그로선 상상도 하지 못한 일!

"억!?"

"손버릇이 험하네?"

"뭐, 뭐야!"

이건 대체 뭔지!

그때서야 뭔가 이상함을 눈치챈 지혁수였다.

여자가 기습을 해왔지만, 그 정도야 쉽게 이겨낼 거라 여겼던 자신의 감이 틀렸다는 걸 그는 그제서야 깨달았다.

여자치고는 생각보다 손이 거칠었다. 손 전체가 굳은살

로 되어 있었다.

자신도 몸을 쓰는 일을 하는 지혁수이기에 이런 손은 보통 험난한 일로 만들어지지 않는다는 걸 이미 알고 있었다.

그걸 증명하듯 바로.

"아아아악. 아악."

그에게 어마어마한 고통이 전해져 온다.

여인은 표정 하나 변하지 않고 꽈악 손을 쥐었을 뿐인데 어마어마한 고통이 전해져 온다.

팔목이 뼈째로 으스러지는 느낌이었다.

더 무서운 건 그 뒤에 들려오는 목소리였다. 장난을 치듯이 들려오는 목소리.

"……너무 시끄럽다고? 아예 으스러트려 줄까? 조용히 하는 게 어때?"

조용히 시키려면 차라리 팔목을 놓아주든가!

라고 말하는 용기가 그에게 있을 리가 없었다.

"크흡…… 크흐으으으……."

애써 호흡을 참아가면서, 비명을 내지르지 않으려 노력할 뿐이었다.

"그래. 그래야지, 지혁수."

"크흡…… 너, 너 대체 어디서!"

대체 어디서 온 걸까. 어디서 왔기에 자신의 이름을 알까?

'뭐야 대체?'

지금 당장 자신이 벌이는 일은 없었는데?

조직에서 일을 벌이고 있기는 해도, 자신은 현재 저기 개구리처럼 쓰러져 버린 남경필 같은 놈 수발이나 들면서 쉬고 있을 뿐이었다.

그런데 자신을 공격할 쪽이 대체 누구일까?

지혁수로서는 도무지 생각이 나지 않았다.

"지금은 그런 게 중요한 게 아냐."

하기는 여인의 말대로 그게 중요한 게 아닐지도 몰랐다.

퍼어어어억—

뒤이어지는 어마어마한 폭력이 중요했다.

남경필이 여자를 훑어볼 때, 자신도 슬쩍 그녀를 바라봤다는 걸 이미 알고 있었던 걸까. 마치 징벌이라도 하듯이 아예 즈려밟아 버리는 그녀였다.

"크아아아악."

"조용. 조용히 해야지."

"크악……."

그로서는 비명을 참고 싶어도 참을 수가 없을 지경!

기절이라도 하고 싶은데 어디서 힘을 조절하는 건지, 기절조차도 할 수가 없었다.

이 여자. 초짜가 아니었다.

어디서 이런 일을 몇 번은 해 본 여자가 분명했다.

맞다 보니 각성 상태라도 들어간 걸까.

매끈한 라인. 드러나는 잔혹한 성격. 박혀 있는 굳은살. 저 특이한 말투.

여러 가지 것들이 지혁수의 머릿속에서 퍼즐 맞추듯 맞춰져 간다. 그리고 떠오른 생각은.

'……암사자. 요즘 들어 조용했는데 왜…….'

그녀의 정체.

지혁수가 모시고 있는 조직의 주인.

그 주인조차도 때로 두려워했던 그녀. 암사자라 불리던, 알 만한 자는 알 만한 헌터인 그녀가 대뜸 모습을 드러내서 대체 왜 자신부터 친단 말인가?

'대체 왜…….'

생존 본능이라도 발동한 것인지 머리가 비상하게 돌아가고는 있지만, 지혁수로서는 가늠도 할 수가 없었다.

완전히 정신을 잃어버릴 때까지도!

* * *

굉장한 폭력이 지나가고.

뒤늦게서야 모습을 드러낸 것은 운이철이었다. 그의 손에는 그의 애병이나 다름없어진 길쭉한 장침이 들려 있었다.

모습을 드러낸 운이철의 표정은 냉혹하기 그지없었다.

“아주 떡이 됐군요?”

“제대로 처리해 주길 바라신 거 아니셨어요?”

“맞습니다.”

그가 장침을 든 채로 쓰러져 부들부들 떨고 있는 지혁수에게로 다가간다.

화아악—

순식간에 변하는 그의 눈빛. 우윳빛으로 변한 그의 눈빛이 주는 이질감이 평소보다도 더 강렬했다.

분석이 끝이 난 걸까?

푸우우욱—

순식간에 장침을 지혁수의 등에 박아버린다.

“크아아아악!”

어마어마한 고통. 기절했다가 깨어날 정도의 고통인지, 바로 깨어나 비명을 지른다.

어쩌면 기절한 ‘척’을 한 것일지도 모르겠지만, 차라리 진심으로 기절을 한 게 더 나았을 거다.

그건 사람이 버틸 만한 고통이 아니었다.

차라리 김민희의 폭력에 몸을 맡기는 게 더 나을 정도의 고통일 거다.

'길드장의 힘이랑은 역시 다르군…….'

김기환도 모르는 사실이지만, 운이철의 이능력을 사용해서 장침을 내지를 경우 상대는 더욱 고통스러워했다.

게다가 어떤 이유에선지 몰라도, 상대의 이능력을 앗아가는 데는 김기환보다도 더욱 위력이 강했다.

그 이유까지는 아직 분석하지 못한 운이철이었다.

어쨌거나 한 사람의 이능력을 앗아가는 그런 어마어마한 일을 해 놓고도 운이철의 표정은 바뀔 줄을 몰랐다.

할 일을 해냈다는 표정이었다.

그런 그를 '역시 내 남자!' 하는 표정으로 바라보는 김민희.

참으로, 취향이 어떤 식으로 생겨먹었는지 알 길이 없었다. 그래도 운이철이 외모만 놓고 보아도 그가 꽤 잘생겼다는 걸 생각하면, 얼핏 이해가 가기도 했다.

"완전히 죽은 거죠?"

"이능력은요. 전쟁이 완전히 끝날 때까지는 다시 돌아오기 힘들 겁니다."

"축복인지 아닌지 모르겠네요?"

"전쟁을 피해갈 수 있으니…… 축복일 수도 있죠."

"대신 모든 것이나 다름없는 이능력이 꽤 오래 사라지잖아요?"

"그거야 대가죠. 대가."

알 듯 모를 듯한 말을 남기면서, 둘 모두 이동을 하기 시작했다.

아직 밤은 깊었다. 아침이 밝을 때까지 목표로 한 자들을 처리하려면 바삐 움직여야 했다.

*　*　*

"크아아악."

때로는 김민희의 미인계로 남자를 끌어들인다.

지혁수와 같은 방식으로 꾀어내는 건 타고난 미모가 있는 김민희에게는 쉬운 일이었다.

그 뒤 순식간에 이어지는 폭력에는 아무리 이능력자라고 하더라도 버틸 재간이 없었다.

미모만큼이나 실력도 받쳐주는지라, 어지간한 자가 아니고서야 버티는 게 더 이상할 정도였다.

'쯧. 남자들이란…… 운이철 님 반만 닮으라지.'

어째 꽤 위험하게 운이철에게 빠져 있는 느낌이긴 하지만, 그녀는 잘도 일을 수행해 나갔다.

그녀가 목표로 한 자를 잡아오면 그대로.

푸우우우욱—

"바로 다음으로 가죠."

운이철이 특유의 냉막한 표정으로 저들의 이능력을 봉인한다.

이 일은 다른 곳에서도 이어지고 있었다.

"여기를 털면 되는 거요?"

"아무렴. 누가 더 많이 잡나 내기할까?"

"푸핫. 그 내기 내가 받지!"

김기환과 이준성이었다. 운이철과 김민희가 기계적으로 상대들을 처리한다면, 김기환이나 이준성은 놀듯 처리를 하기 시작했다.

대놓고 저들이 모여 있는 곳에 쳐들어가서는.

"누구냐!"

"니들을 바른 길로 계도할 님이시다!"

퍼어어어억!

냅다 때려 박아 부수는 게 일이었다.

무식해 보이는 일이긴 했지만.

"CCTV 잊지 말고!"

"이미 애들이 처리하고 있으니 걱정 마쇼! 그나저나, 이능력이나 잘 쉬으라고."

"잘하고 있어!"

CCTV를 부숴서 증거를 인멸하는 건 기본.

불의 이능력을 너무 강하게 사용했다가는 김기환이 움직이는 걸 들킬 테니, 적당한 불의 이능력자처럼 보이는 위장도 충분히 했다.

모든 힘을 다 사용하는 건 아니지만, 그 정도만으로도 충분한 위력이 있을 정도라.

"크헉……."

"어, 어디 조직에서 왔냐!"

상대로서는 별달리 반항도 하지 못하고 쓰러지는 것 외에는 다른 수가 없을 정도였다.

상대들도 반항한다고 하지만, 압도적이었다. 너무 순식간에 제압을 하니, 이 모습이 당연해 보일 정도였다.

"흐음…… 이거 운이철 씨 없이는 처음 하는 건데……."

"그냥 푹 박으면 되는 거 아니요?"

"그게 다 분석하고 박는 거라고. 에라. 모르겠다. 내 감을 믿으라는데 한번 해봐야지."

"무, 무식한!"

푸우우우욱!

"크아아아아악!"

다소 거친 방법이 들어가기는 했지만.

“거봐. 잘되네.”

“……미친. 나는 죄지어도 저거는 하지 마쇼.”

“생각해 보고.”

운이철이 말한 대로 용케 이능력을 봉인해 대는 김기환이었다.

이들을 제외하고도 많은 이들이 날뛰었다.

김민희나 이준성이 데려온 수하들은, 그들만은 못할지라도 충분히 강했으니까.

밤사이. 많은 이들이 당했다.

그런 일을 벌이고도, 밤마실이라도 나온 듯 운이철의 팔짱을 포옥 낀 김민희가 물어본다.

“그런데 이 전쟁은 언제까지 이어지는 거예요?”

“경기 서부는 다 뒤집어야죠. 우리 영역이니까요. 단속하는 거죠.”

“……보자. 경기 서부면 주은영, 그 여우가 가만 있지 않을 건데요? 안 그래도 자라난은 생각보다 적이 많지 않아요?”

“확실히 보여줘야 하지 않겠습니까. 건드렸다가는 어찌 되는지. 그리고…….”

"그리고요?"

"어차피 다 뒤집을 참이었습니다. 헌터계고 범죄 조직이고 모든 걸요. 그게 그와 나. 우리 계획이니까요. 후후."

운이철의 눈이 위험하게 빛나고 있었다.

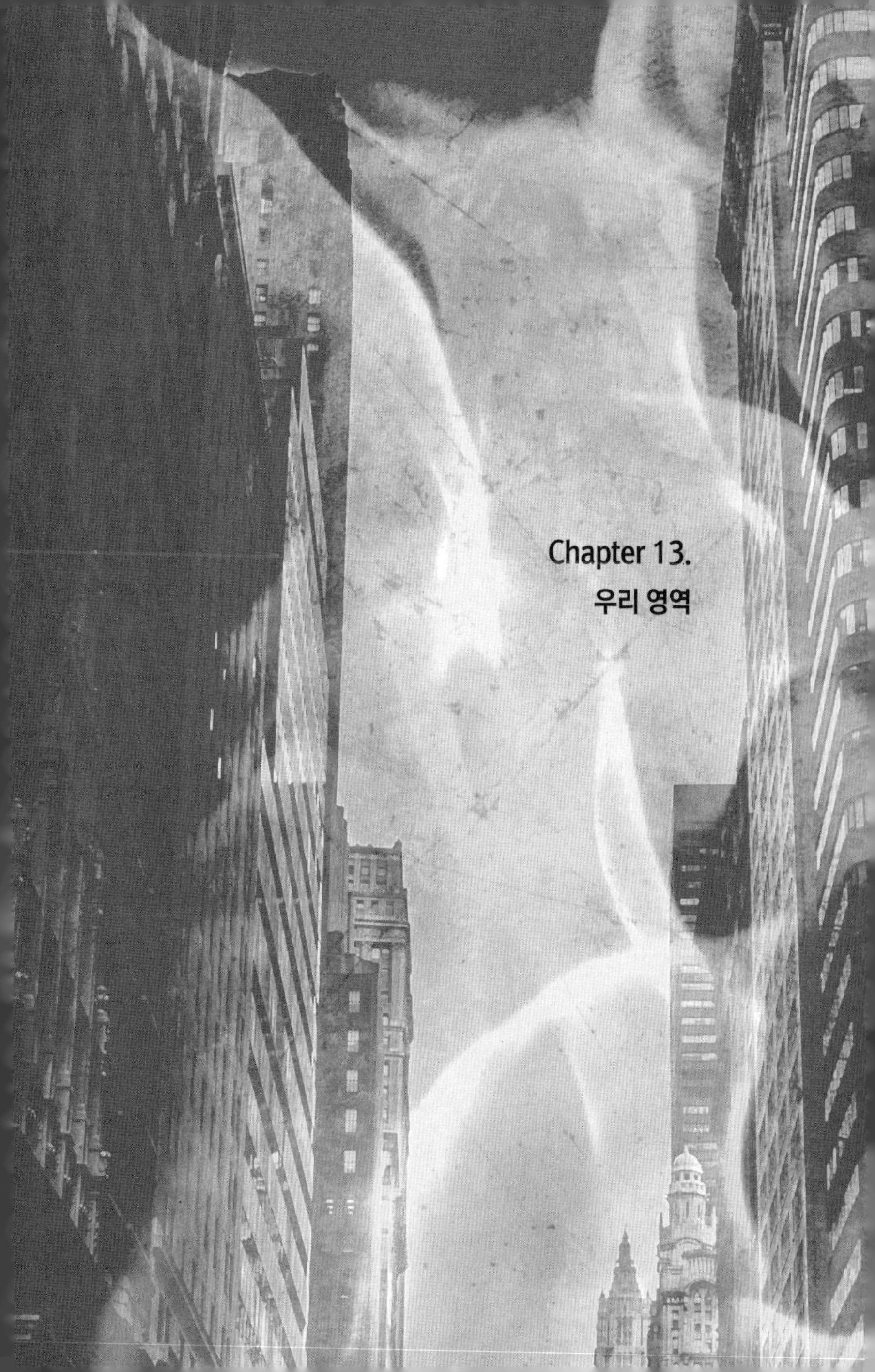

Chapter 13.
우리 영역

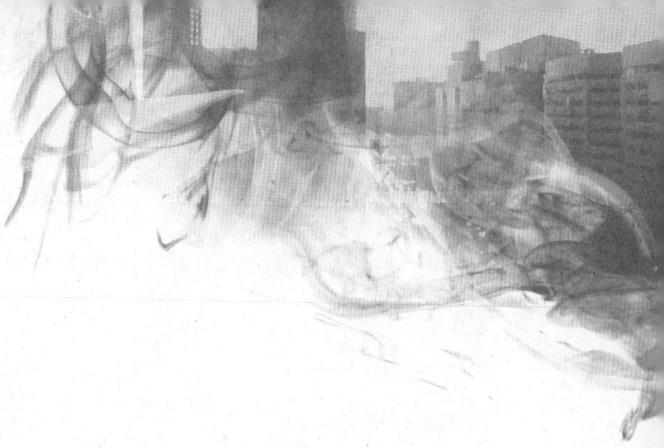

우리 영역에서는 날뛰는 놈이 없게 해야 했다.

지금 상황에서 전국을 전부 커버하는 건 무리였다. 서울 지역까지도 전부 우리 영역하에 두는 건 당장은 무리였다.

그러다 보니 길드원들의 가족을 노리고 공격을 해오는 게 아닌가.

'그래서 전부 싹 다 서부에 데려오긴 했지만…….'

길드원 가족들을 전부 서부로 이사시키기는 했지만, 그래도 문제는 많다.

막말로 서부에 있는 가족들을 누가 노리고 와도 문제 아닌가.

우리가 레이드를 나가 있는 동안에, 하성과 같이 범죄 조직 같은 놈들이 의뢰 받고 가족들을 노리면 그때는 답도 없었다.

'그래선 안 되지.'

그래서 시작했다.

경기 서부에서부터 털어버리기로.

본래 가진 우리의 계획. 그 계획보다는 좀 이르게 시작하기는 했다. 아직 준비가 완벽하지는 못했으니까.

그래도 당한 게 억울해서라도 움직일 수밖에 없었다. 거기다 운이철의 말대로.

"우리를 건드리면 어떻게 되는지를 보여줘야 합니다."

"그거. 딱 마음에 드는 말이네요!"

우리를 건드렸는데 가만 있으면 호구 아니냐.

한 대 맞으면 두 대 때리고도 덤으로 세 대 더 때려줘야 내 직성에 맞는 일이었다.

거기다 이번 일로 어차피 깨닫지 않았나.

'적들은 아주 잘도 연결돼 있어.'

경기 서부, 수도권, 헌터 관리원. 길드. 범죄 조직.

이렇게 나눌 필요가 없었다.

저들은 겉으로는 따로 떨어져 있는 거 같아도 아주 잘도 연결이 돼 있었다.

경기 서부의 암표범이라고 불리는 주은영과 천정 길드가 알게 모르게 연관되어 있는 건, 이준성의 일로 아주 잘 알게 된 사실이다.

거기다 우리 쪽 길드원들을 데려가겠답시고, 뒷공작 벌인 놈들도 이미 털어버렸던 하성과 같은 범죄조직이다.

결국 쉽게 말해서.

'우리 편 아니면 적이라 이거지.'

그냥 우리 편 아니면 다 적인 거다. 경기 서부에 있든 수도권에 있든 다 적이다.

그러니 우리의 영역이랄 수 있는 경기 서부부터 털어버리는 건 가장 현명한 일이었다.

다만 지금까지의 전투와 차이점이 있다면.

"지금까지는 길드 단위. 적어도 대중들에게 알려진 레이드나…… 몬스터 사냥이었지만 지금은 다르죠."

"사람 대 사람이란 거 아닙니까?"

"맞습니다."

바로 몬스터가 아닌 사람끼리의 제대로 된 전투라는 것.

또한 지금까지는 최소한의 인정이 있었더라면.

"어쩌면 최악의 수로 사람을 죽여야 할지도 모릅니다. 상황이 다급해지면요. 괜찮으시겠습니까?"

운이철의 말대로 어쩌면 내가 피하고 싶던 최악의 수를

써야 할 상황이 올지도 모른다는 거였다.

'……살(殺)이라.'

그건 어떤 식으로든 최대한 피했던 거였다.

하지만 지금에 와서까지, 내 사람들을 데리고 있으면서까지 피할 수는 없는 그런 일이었다.

내 사람을 지키겠다는 명목이, 과연 내 죄를 없애 줄지는 모르겠지만.

운이철이 물어오는 그때에 내가 대답할 수 있는 건 단 하나밖에 없었다.

"……해야죠. 그게 내 사람들을 지키는 거라면."

"좋습니다. 그 각오면 된 겁니다. 저나 길드장님이나…… 둘 다요."

해야 된다면 할 수밖에 없다는 것.

운이철도 나와 비슷했는지, 결심을 한 듯한 표정을 짓는다.

그도 나처럼 길드를 지키기 위해서는 어떤 일도 벌이겠다는 각오를 하는 게 눈에 훤히 보일 정도였다.

그도 나만큼이나 각오가 돼 있었다.

얼핏 웃음이 나왔다.

"한 명은 연구소에서 미움 받는 연구원이었고. 다른 한 명은 찌질한 헌터였는데 말이죠. 교과서도 모르는……."

"그랬죠. 그때가…… 제일 속 편할 때였을지도 모릅니다."

"그런데 참으로 멀리까지 왔단 말이죠. 두 얼간이가 일을 내고 있는 느낌이랄까요?"

"후후. 두 얼간이라……."

한 명은 뛰어난 머리, 천재나 다름없는 지능을 가졌지만 소속됐던 연구소에서 바보 취급을 받던 얼간이.

또 다른 하나는 한 번의 중이병스런 실수로, 멍청하게 허송세월을 보내다가 운 좋게 '포식자' 가 되어버린 얼간이.

'참 안 어울리는 조합이야…….'

분명 둘 다 너무 다른 사람인데도, 묘하게 맞아 떨어졌다. 상상 이상으로 아주 잘.

"그 두 얼간이가 일을 내는 걸지도 모르죠. 갈까요? 오늘도 목표가 꽤 많습니다만은?"

"가야죠. 어디까지 해낼 수 있는지 보여줘야 하는 거 아니겠습니까?"

"두 얼간이가요?"

"그런 거죠!"

그날 밤도, 우리는 또 두 얼간이가 돼서 움직이기 시작한다.

적의 뒤통수를 노리면서. 또한 우리들의 길드원들을 노

린 그 대가를 받기 위해서.

* * *

콰아아앙!

덩치의 주먹 한 방에 한 사람이 있기엔 거대한 사무실 안에 굉음이 울려 퍼진다.

분노가 잔뜩 서려서 단순히 책상을 크게 내리찍었을 뿐인데도, 온 사무실이 그 소리로 가득 찼다.

그 분노의 대가로 고급스럽게 만들어졌을 것이 분명한 책상은 한 곳이 잔뜩 찌그러졌다.

당장은 이곳에서 그걸 신경 쓰는 자는 아무도 없었다.

다만 여기서 더 무슨 일이라도 날까 싶어 불안한 표정을 하고 있을 뿐이었다.

책상을 잔뜩 찌그러트린 정상수가 잔뜩 분노한 목소리로 크게 외친다.

"증거가 없다고? 누가 봐도 폭발이 일어났지 않나? 그런데도 증거가 없다는 게 말이 돼?"

"……CCTV에도 걸리는 것도 없고. 목격자도 없습니다."

"찬수. 네가 얼굴을 봤다며?"

"예. 사고가 나자마자 봤습니다. 차에 타고 있더군요. 심증은 있는데…… 물증이란 게……."

"없으면 만들면 되는 거 아닌가! 불에, 폭발에. 더 갖다 붙일 게 뭐 있어?"

"……아무래도 부족합니다. 길드장쯤 되는 자가 그런 일을 벌였다는 것도 웃기긴 하지만요."

"후아. 미친놈이 제일 상대하기 어렵다더니……."

정상수 그로서는 답답할 노릇이었다.

뒤통수를 먼저 치기 시작한 건 분명 천정이었다. 그런데 언제부턴가 당하는 쪽도 천정이 됐다.

정정당당하게 나오는가 싶으면, 또 갑작스레 생각지도 못하는 수로 뒤통수를 치는 김기환이었다.

그렇다고 이쪽도 뒤통수를 치려고 준비를 하면, 또 어디선가 수를 써서 역으로 치고 들어와 버린다.

보통 강하면 강자의 자존심이니 뭐니 하면서, 유치한 짓은 벌이지 않는 법인데 김기환은 그런 유치한 짓도 잘도 벌인다.

그러면 차라리 힘이라도 없으면 다행인데, 척 봐도 그는 자신보다 강했다.

길드 간부들 여럿과 함께 힘을 써서 김기환을 몰아붙이면 또 모르겠지만, 일대일로는 아무래도 힘들어 보였다.

'까다롭다.'

정상수에게 김기환은 여태까지 상대했던 적 중에 가장 힘든 타입이었다. 아니 김기환 자체가 너무 희귀한 존재였다.

그날도 그랬다.

자신의 힘으로는 안 되면, 외부의 힘이라도 끌어들일 준비가 된 정상수였다.

해서 그날은 길드 본부의 자리를 비우고 제니스 길드의 본부로 가 있었다. 지원을 얻기 위해서였다.

그 대가로.

'망할 늙은이 같으니라고…….'

후(後)에 많은 것을 몸으로 때워야 할지도 몰랐지만, 김기환을 엎어버리기 위해서는 무엇이든 할 각오가 된 그였다.

헌데 그 사이에 길드 본부를 폭발시킬 줄이야.

정상수로서는 상상도 하지 못한 미친 짓이었다. 그가 보기에 김기환은 정말 미친놈이었다. 아주 제대로!

그래도 이대로 물러날 수는 없지 않은가.

'당장은 참자. 당장은…….'

애써 마음을 다스리면서, 천정 간부들에게 명령을 내리기 시작한다.

"후우…… 그래도 사람은 안 상했다 이거지?"

"예. 그래도 건물은 다시 지으려면 꽤 걸릴 겁니다. 그렇다고 폭발이 일어났던 걸 그냥 넘기기도 뭐하고요."

"……어쩔 수 없지. 우선은 그래도 진행해 봐. 경비 수는 좀 늘리고. 또 일 벌일라."

"옙! 바로 조치하겠습니다."

뒷수습이라든지. 제니스에서 들어오기로 한 지원을 어찌 사용할지. 앞으로의 일정은 어찌해야 할지 전부 계획을 잡는다.

김기환이 상상 이상의 미친놈임을 알지 않았나.

제일 상대하기 까다로운 놈이 미친놈이라고. 그런 놈을 상대하려면.

'아주 제대로 된 올가미를 만들어야지.'

이중 삼중. 아니 적어도 사중으로 되는 올가미는 만들어야 했다.

상하좌우. 그 어디로도 김기환이 도망치지 못할 어떤 올가미를 만들어 내야 한다고 봤다.

"…… 그래서 작전은 어떻게 진행돼 가나?"

"아직 순조롭지는 못합니다. 그래도 한창 작업은 들어가고 있습니다. 아주 확실하게요."

"헌터 관리원에서도 작업 들어간 걸로 아는데?"

"그것도 봤습니다. 뉴스부터 때리면서 언론 플레이 들어갔습니다. 압박을 조금씩 넣는 게 시작이죠."

"좋군."

해서 동원할 수 있는 인맥이라면 인맥, 자원이라면 자원까지 다 사용해 가면서 함정을 만들어가기 시작했다.

상대를 자기 손으로 완전히 깨부수는 걸 즐겨하는 정상수로서는 이런 방식이 마음에 들지 않기는 하지만 달리 수가 없었다.

'그놈만 부술 수 있다면야…….'

자기 취향에는 맞지 않는 방법이지만, 그 김기환만 고꾸라트릴 수 있다면 무슨 수라도 쓸 각오가 되어 있었다.

요사이 가장 성과를 얻은 일은, 그의 길드원을 몇 명이라도 빼 온 거였다.

그것만으로도 당장 자라난 길드의 전력은 조금 깎아 먹었다고 할 수 있었다.

'그래 봐야…… 김기환이 중심이긴 하지만…….'

김기환이나, 그때 그 이서영이라는 어마어마한 힘을 가진 길드원들을 어찌하지 못하는 한은 수가 없긴 했다.

그래도 길드원 몇을 빼돌린 것은 확실한 성과였다.

다만 그는 한 가지를 확실히 알지 못했다. 김기환이 이미 움직이고 있다는 것.

또한.

콰아아앙—!

“정상수우!”

잔뜩 독이 오른 주은영이 무슨 짓을 당하고 있는지 몰랐다.

정상수가 김기환을 잡기 위해서 한 발 움직이고 있을 때, 김기환은 이미 저 멀리서 달리고 있었다.

그리고 그 대가로.

“……뭔가?”

“주은영인 거 같습니다.”

“아니. 그건 알아. 대체 무슨 일이냐고.”

“파악해 보겠습니다!”

그의 가장 큰 동맹이랄 수 있는 주은영의 세력부터가 흔들리고 있었다.

〈다음 권에 계속〉

DREAMBOOKS